自分をまるごと愛する7つのルール

下重暁子
Shimoju Akiko

小学館新書

はじめに

仕事場の窓の外に公園が広がっている。子供達が西に傾きかけた陽を浴びて嬉しそうに駆け回っている。

あの頃は、まわりの誰彼を気にする事なく、声を上げ、友達と無邪気につながっていた。自分の感覚はその頃と変わっていない。

しかし、何かが変わってしまった。

自分がこうしたいという欲望の前に他人の顔色をうかがい、空気を読み、どこかおどおどと生きている。

こんなはずじゃなかった。

こんな私じゃなかったのに、いつの間にか世間という枠にはめられて、不安と不満に苛まれつつ生きている。

大人になるという事は、世間の常識を身につけるという事なのだろうか。他人の目を気にして、少しずつ本来の自分を失っていないだろうか。

年を重ねるとは、個性的になる事だと私は思っている。個性的とは、自分らしくあるという事。

でも待てよ。

個性的になる。すなわち自分らしさとは何だろう、と考えてみると、頭を抱え込んでしまう。たしかにかつては存在していたはずだが、長い年月、毎日の雑事に追われて暮らしているうちに、どこかへ姿を消してしまった。それを探すのは至難の業である。何も感じず、考えなくても日は過ぎてゆく。そして気がついた時には死は目の前に来ている、という事にならないように今はじめよう。

それにはまず、自分を知る事である。自分がどんな人間かを、冷静に甘やかさずに見つめてみたい。どんな時に喜び、どんな時に悲しむか。何を美しいと思い、何を醜いと考えるか。それはその人個人にしかない感覚であり、思いなのである。もちろん良いところもだが、悪いところ、気に入らないところも含めて自分を知る事。

私は、「自分を掘る」という言葉を使っているが、目の前に自分の気に入った花があるとしよう。この花をなぜ私は好きなのか、惹かれるのか。桜よりなぜ梅なのか。まだ寒気の残る中でひそやかに咲く清冽さが美しいとする。ならばなぜ自分は清冽さに惹かれるのか。桜のように華やかでなく、仕事の帰り道にふと通りかかった塀越しに匂ってくるそのひそやかさが好きなら、きっとその人は沢山の人とつながったり、群れたりする事が本当は苦手なのかもしれない。むしろ一人で静かに過ごす時間を大切に、自分を慈しんで生きたい自分を発見するだろう。

人は一人で生まれて、一人で死ぬ。もちろんまわりに沢山の人々がいて囲まれていたとしても、生まれてきたのも一人、死んでいくのも一人。誰もつきあってはくれない。仲の良い友達も家族も道連れにはならない。

春に先駆けて咲く小さな小さな野草、犬ふぐりをご存知だろうか。空の色を映したその花を哀れにも愛しく私は思うが、その名が犬ふぐりと似ても似つかぬ命名によってか、好きな花という人は少ない。だが、美しいと思うなら美しいと言いたい。終戦を間近に結核に罹り、疎開をかねて隔離されていた私は庭に咲いていたその花を忘れない。花を辿れば、私の原風景が見えてくる。少女の頃、さらに遡って幼い頃と、糸をたぐれば、私という人間が少しずつ見えてくる。そして成長するにつれてどう変化していったか。

いかに自分自身に興味を持つかを忘れて、外の世界にばかり気をとられ、特に人間関係に引きずり回されて自分を失ってきたか。自分を知って愛してやる事を忘れて、他人ばかり気にして比較し、不幸と不満のつのるにまかせて年を重ねてしまったか。ストレスばかり溜めて自分を傷つける人生でなかったか。

この辺りで修正しなければ手遅れになる。まず一人になって自分と対峙し、いやなところも良いところもまるごと自分を知って愛したい。

自分を愛する事が出来て初めて、他人を愛する事が出来る。自分がどんな事が楽しくて、どんな事が不愉快かつきつめて気付けば、他人の気持ちを深く想像する事が出来るのだ。

他への想像力を培うためにも、まず自分とのつきあい方からはじめたい。

そこを抜かして、他人とつながろう、他人を理解しようと思っても無理がある。その結果、つきあう人が多くなればなるほど、ストレスの原因になる。

他人があって自分があるのではない。自分があって主体的に他を愛する事が出来るのだ。


今、世界はかつてない時代に突入している。SNSとやらのおかげで世界中の誰とでもつながる事が可能になり、見たくないもの知りたくない事まで可視化されるようになってしまった。これまでなら自分の中に秘めていたようなちょっとした思いも容易に発信出来るようになり、それがまた思わぬ所へつながってしまう事もある。つながっているのに、それはどこか空虚で苦しい。いつも誰かの視線を気にし他人と比べ、つながらなければという強迫観念にかられる。そうしてかかったストレスは他人への攻撃へと向かう。

自分自身に思いもよらずかかっている負荷こそが、不寛容、分断、生きづらい空気の源なのである。

そう気付いた時から始めよう。失いつつあった自分を取り戻す事。これから先の年月を
そのために費やしても決して惜しくはない。
死ぬ時までにあの頃の純粋な自分になって、棺に覆われる時が一番自分らしくありたい。

自分をまるごと愛する7つのルール

目次

第一章

ルール1

自分だけの「好き」を大切に

野鳥の自由に魅せられて

二週続けて軽井沢に行った。ゴールデンウィーク明けの土日、山荘で毎年恒例の山菜パーティがあるのだ。今年は東京會舘の有名料理人のSさんが参加して特別にテンプラをその場で揚げて下さるという。

もとはといえば、鳥好きの仲間達が冬から春に変わって渡ってくる鳥を見る会だった。軽井沢は、カラ類、ゲラ類をはじめ野鳥の豊庫である。留鳥《りゅうちょう》という一年中見られる鳥をはじめ、冬鳥が帰って夏鳥がやって来る。様々な鳥を見る事が出来る上に、まだ樹々が茂っていないので、若葉の間からその姿を見ることが出来る。

もともとはあまり鳥が好きではなかった。動物はたいてい、へびやとかげも嫌いではないが、鳥の眼が恐かったのだ。姿形は可憐でも眼は鋭く、どう猛なのである。

それが日本ペンクラブの鳥を見る仲間達に誘われて出かける様になって目ざめたのだ。

Yという集英社の編集者が中心になって埼玉県の寄居町《よりいまち》にある鮎料理専門店に出かけた

時である。広い庭と池にはヤマセミ、カワセミ等が見られるというので楽しみにしていた。図鑑で見るとヤマセミは黒と茶とベージュの品のいい色に頭のとさかのような飾りが見事である。カワセミは青、朱、黄などの派手な色彩で水辺の宝石と呼ばれている。

しかしその日は梅雨の走りの大雨で鳥の鳴き声も姿もない。鳥が鳴き出すと雨が上がる証拠なのだが、諦めかけていた。

「ちょっと橋の上に行ってみよう」

Yさんの後に従って傘をさして近くの橋の欄干から下を見る。川の流れは急で、土色をした濁流である。その流れの中に残された石の上に必死につかまっている一羽の鳥。

「ササゴイだな」

Yさんがささやく。中型の鳥がじっと水面を見つめたまま動かない。羽は雨にぬれそぼり、他に鳥の姿はない。

「ああやって魚が流されてくるまで、じっと待っているんだ」

その眼の鋭さ！

どんな微かな水面の動きも見逃さない。魚が姿を現すまで待ち、運に恵まれれば一匹をものにする事が出来る。しかしいつまで待っても何も現れない事もある。それでも待ち続ける。

その姿に痛く感動した。とりわけそのまばたきすら忘れた、力に満ちた鋭い眼に。

私は小学校三年の時、結核で自宅療養を余儀なくされた事を思い出した。特効薬もなく栄養をとってひたすら安静にして待つしかなかった。

昼飯が出来たと知らせがあった。私は後ろ髪引かれながら橋を後にした。

あのササゴイの真剣な目付き、雨に打たれながら生きるか死ぬかをかけて魚を捕らえようとしている。鳥の鋭い眼は生きるために獲物を見落とさないためのものだったのだ。その事に気付いてから私は鳥が嫌いではなくなった。むしろ親近感を憶え、鳥見の会に積極的に参加するようになった。

私の山荘が軽井沢にあったので、そこを拠点に、あちこちを見て歩くようになった。山荘を開けるとどこからか鳥達がやって来る。「来たよ」「来たよ」と言いかわしているように次々とやって来る。人懐こいヤマガラは開ける前からガラス戸をつついて餌をねだる。コガラ、ヒガラ、ヤマガラ、シジュウカラ、ゴジュウカラ……。

彼等は実に行儀が良い。餌台の上やベランダにヒマワリの種子を置くと、一羽ずつ上に乗って一粒ずつくわえて持ち去る。決して同じ台に同時に乗る事をしない。しばらく離れて待っていて、一羽が去ると次が来る。近くの樹々に止って暗黙の了解があるようだ。だが力関係もあるらしく、コガラなど小さな鳥はいつまでたっても番がまわってこない。人間社会と一緒だ。私はそっとそのそばに二、三粒置いてやる。

水浴びも同じだ。直径一メートルほどの焼きものの鉢に、砂と小石、その上に水を張っておくと水を飲んだり、暑い日には水浴びをする。それも順番がある。時にイカルなど、二羽のつがいがやって来て餌台の上から去らず、水浴びも気の済むまで……いるいる。人間にもこうしたわが物顔のヤツが。

屋内にいてそんな鳥を見ていると飽きることがない。時折、名前のわからぬ鳥があると鳥類図鑑を開くが、間に合わぬ事もある。

ある時、ガラス戸で大きな音がした。時々、鳥達が透明と錯覚してガラス戸に当たり気絶する。心配して見ているとしばらくじっとして気がつくと居ない。軽い脳しんとうを起こすのだ。

しかしその時の音は異常だった。近寄ってみると中型の黒い鳥がベランダに倒れていた。黒ツグミだ。渡りの途中だったろうか。いつまで経っても目を覚まさない。死んでいた。私はつれあいと相談して柔いガーゼにそっと包んで、今を盛りと咲きほこる山吹の根元に埋めてやった。

こんな時はつらい。

軽井沢も最近は鳥が減った気がする。今年もキビタキやアオジなど季節の鳥を見たが、アカゲラやコゲラなどめったに見かけなくなった。

オオルリ、コルリの冴えた青と美しい声が聞こえたものだが。

近くの野鳥の森に三脚や双眼鏡を持って出かけたり、仲間達で日光や釧路湿原まで足をのばした事もあった。

そんな時、Yともう一人の編集者Tが中心になる。遠くの山の頂上付近の梢の上にいる鳥を見つけ、「今出しますからね」「出ました！」と、まるでお化けでも出現するように専門家用のレンズに拡大して見せてくれる。彼らは声を辿って簡単に鳥を見つける。私はそれをのぞかせてもらうだけ。山の梢でホオジロが懸命に口を開けて鳴いている。彼等も必死で生きているのだ。

今年の初め、私にササゴイを教えてくれたYさんが死んだ。突然だった。お通夜の席に鳥の声が流れていた。「俺の通夜の席でバックにこれを流して欲しい。エンドレスで明け方の森の声だけを」奥様が偶然見つけたメモだった。

（2019年6月6日号「鳥の鳴き声に導かれて」）

誰にも負けない筒描き蒐集

東京オリンピック・パラリンピックまであと少し。東京オリンピックという事は、江戸オリンピックという事でもある。その意味で今回のエンブレムはふさわしい。藍と白だけの一見地味だが簡素。庶民の美が花開いた江戸の象徴と言える。
江戸時代、士農工商の身分は決まっていたが、実際に力を持っていたのは、商いを担っている町人で、貧乏な武士階級にお金を工面したりしていた。ただ、庶民の使える色は、藍と白。布は木綿と麻と決まっていた。派手な色彩や絹は、貴族階級のものだった。だからこそ様々に工夫をして限られた中で美しいものを生もうとした。贅沢な材料を使うのでなく、最も質素で美しいもの、それこそが本当の日本の美だ。私は江戸の庶民が生んだそんな藍の文化に魅せられている。

四十年くらい前の三月のことだ。私は講演先の鳥取県の三朝《みささ》温泉に泊まった。夕食後、ふらふらと宿を出て橋を渡り、ひなびた温泉街の細い通りを奥へ歩いて行った。射的があったり、昔風の居酒屋が建ち並ぶ中、三階建ての木造建築の珍しい「木屋旅館」の前まで来た。道をはさんだ向かいには蔵を利用したカフェ。その大きなガラス窓一面に、息をのむほど美しい布がかかっている。ちょうど掛け布団くらいの大きさで、図柄は桐の木に憩う鳳凰。鳳凰は中国で吉兆をあらわすおめでたい空想上の鳥だ。コーヒーを注文して、聞いてみた。あの布はいったい何で、誰のものかと。客は誰も居ず、店の女性は木屋の女将さんが集めている筒描きの布団地だと教えてくれた。

こんなに美しいものが日本にあるなんて、私はその出会いに感動し、興奮していた。

「女将さんにお目にかかれませんか?」

ほどなくして、細面の品の良い女将が現れ、筒描きの説明を聞いた。紙の筒に糊を入れ、藍の中で白く抜きたい部分を糊伏せする。ちょうどケーキを作る時、上に飾る文字や文様を三角形の先から絞り出す要領だ。原画に沿って糊伏せし、その布を生きた藍が泡を立てている藍瓶につけ、色の濃さによって何度か重ねる。それを水洗いすると、見事に文様が浮き上がり、藍と白の筒描きが出来る。

江戸時代、どこの藩にも紺屋さんと呼ばれた染屋があって、注文に応じて家紋など様々な文様を手描きで作ってくれた。特に祝い事のある時だけは朱や他の色を使う事が許されていたので、注文者の要望に沿って、紺屋の職人は腕をふるったという。全て手描きだから一点物である。

図柄はおめでたいもの、鶴亀、松竹梅、鳳凰、牡丹唐獅子など、その組み合わせであらゆる図柄が出来る。職人はここぞとばかり独創的な文様に挑戦した。

女将が持っている中でも一番気に入っている美しいものを皆に見てもらうために窓に飾っているのだという。


すっかり感動して、私は女将さんと藍の美しさについて語り合った。そのうちにいくら高くてもいいからこの布を手に入れたくなって、女将さんに頼んでみる。

「とんでもない。私が全国をまわって、どんなに苦労して手に入れたか。有名な染織家の芹沢銈介さんが見えて頼まれても手放さなかったものを……」

一見の私になんかとても譲れないという。私の心に燃え上がるものがあった。気がつくと夜十二時を過ぎていた。

粘られて音を上げた女将さんは、ついに譲ってくれる事になった。私の筒描き蒐集の記念すべき一枚目である。それから二十年近く、狂ったように筒描きを集めた。知れば知るほど奥が深い。かつて江戸から明治、大正にはどこの家でも藍染めの祝い布団、風呂敷、のれんなど筒描きの名品を競って作り、大事に保存されていた物があった。おぶいひもや湯上げ、むつき（おむつ）など日本海側では日用品にも使われた。

地方の友人に頼んで上京する時に持参してもらい、全国の骨董屋に珍しいものがあったら知らせをもらって、私の蒐集が始まった。外国人はタピストリーなどに使うため、すでにその価値に気付いていたが、日本ではまだ日本工芸館以外、サントリー美術館が集め始めていただけで、お金では負けても個人の目では負けないと自負出来るほど買い集めた。

どの一枚にも庶民の夢が描かれている。「一富士、二鷹、三茄子」の初夢や、高砂の図、茶道具尽くしや、子供の節句のための幟《のぼり》や嫁入り時の馬の鞍かけ、中でも私が愛する一枚は、薄い藍の麻布に獏を描いたもの。獏は中国の架空の生き物で、悪い夢を全部食べてくれるという。角が一本生えた西洋のユニコーン（一角獣）のようで可愛い。

かの女将さんも蒐集を手伝ってくれ、方々の重要文化財などの建物で展示した。パリの日本文化会館からも招かれ、私の講演も含めフランス人の方が興味を持ってくれた。

ここ七、八年ほどは定期的に軽井沢の中央工学校が保存する三五荘という山梨県の塩山から移築した登録有形文化財で夏の間展示する。今年八月三十一日まで東京をはじめ全国からお客様が訪れた。日本にはこんな素晴らしい文化がある事をまず日本人に知ってもらいたい。限られた素材だけで美を生んだ心意気を知ってもらいたい。

そして外国からのお客様にスポーツだけでなく、東京＝江戸の文化に触れてもらいたい。四十年前は私の手に負えた物が今は美術品として売買され、価値が上がったばかりか品物そのものが少なくなった。庶民の文化である筒描きには作家の名がない。注文主の名はあっても。そこに職人の誇りを見る。

展示を終えた茅葺き屋根の三五荘に吹く風は涼しく、蟬の声も弱々しくなった。

（2019年9月19日号「江戸庶民の美を世界に」）

心のゆとりを感じる旅

秋になると講演が増える。地方へ出かける新幹線の中でボーッとして窓の外を眺める。

出来るだけ読書や仕事をしないようにして、時の移り変わりに身を任せ風景の中に浸る。

先日は、浜松へ中日新聞が主催するサロンに出かけた。浜名湖のすがすがしい水面を見たかったのだが、浜松を過ぎなければ見られないのが残念だ。浜松といえば、うなぎの養殖池が方々にあったが、このところのうなぎの稚魚不足で、その池もめっきり減ってしまった。それでも駅を降りると、懐かしい「自笑亭」の駅弁をホームで売っていた。昔は列車が着くたびに駅弁売りのおじさんが声を張り上げて、胸からかけた箱に重ねたうなぎ弁当を売り歩く。短い停車時間に買うのが楽しみだった。そこで思い出した事がある。

私がNHKアナウンサーで名古屋に勤務していた夏の終わり、当時〝夏の紅白〟といわれた『暑さにめげず働く人々におくる音楽会』がテレビで生放送された。全国各地、暑さの中で働く現場から、その地のアナウンサーが働く人々にインタビューして、東京のNHKホールで歌手達が歌のプレゼントをする。

総合司会は、スターアナウンサーの高橋圭三さん。私はただ一人女性で浜松から自笑亭で、四十度～五十度の中で炭火でうなぎを焼く職人さんに話を聞く事になっていた。

さて名古屋の番になり、まず列車が着いてうなぎ弁当の売り声からはじまるはずだった。まだ新幹線のない頃、列車が遅れて定刻に着かず、悪い予感がした。私は長靴姿で圭三さんの呼びかけを待つ。火は赤々と燃え、もうもうたる煙と熱気。足許にはバケツから這い出したうなぎがニョロニョロ。

圭三さんは東京のホールから呼びかける。

「浜松の下重さん、下重さん！」

ところが運悪く、音声が故障して私の耳に届かない。

ついに——

「下重さん！　うな重さん！」

それでも私の耳にその声は聞こえず、画面に私の顔が映るだけ。全国区の大番組に抜擢され、準備したのに、音声事故のおかげでさんざんな目に遭い、私は名古屋の寮まで逃げ帰り、ドアをしめてわんわん大声で泣いた。こんなに悔しかったことはない。

私のテレビ全国デビューは大失敗に終わった。

ただし、テレビを見たプロデューサーやディレクターが「あの娘は誰だ」と憶えてくれていて、東京の局に戻った時に仕事が殺到したのだからケガの功名だった。
その日の事を浜松駅の自笑亭の駅弁で思い出したのだ。

最近、駅弁は東京駅に全国から集結して北海道から九州までどこのものでも簡単に手に入るようになった。便利だけれど味気ない。駅弁はその地方へ行って食べるから美味しいのだ。北陸新幹線が無かった頃、軽井沢の一つ手前の横川の駅でしばらく時間があって釜飯を買うのが楽しみだった。今は軽井沢駅で売っているが、どうもピンと来ない。あの釜形の容器に入っている弁当は列車の線路が切り変わる横川と一対だった。しかしこれも時代の流れなのだろう。

何事も便利に、効率的になっていく。そしてついに、JR東日本の新幹線では車内販売もなくなってしまう傾向にある。私は軽井沢の山荘に行くために、たびたび北陸新幹線に乗るが、長野までの「あさま」は、食べ物はもちろん飲み物も一切車内販売がない。自動販売機もないから、水さえ飲めない。「ホームで買ってから乗って下さい」とアナウンスがあるが、急いでギリギリの時など買うひまがなく、これで途中事故などでもあったら飲み物も何もなくなると思うと恐怖なのである。金沢まで行く「かがやき」や「はくたか」も簡単なワゴンサービスのみになってしまった。

反対に、東海道新幹線は車内販売は豪華になっている。経済効率の問題だろうか。旅も否応なく経済効率に組み込まれ、儲からないものはどんどん廃止になるのだろう。

外国人の観光客も多く、新幹線の利用者も多いのだから、少しくらいのサービスがあってもいい。

「おもてなし」とはそうしたさり気ないサービスの事で、特別の事ではないはずだ。

かつて特急列車などには食堂車があって、白い卓布をかけた車内に入る時はワクワクしたものだ。ヨーロッパなどで今でもそうした場面に出会うと豊かな気持ちになる。座席が満員の時など、私もかつて空いている食堂車に乗って目的地まで行った事もある。

食べ物と旅はつきものである。それが知らない土地へ向かう心をはずませて車内で車窓からの風景を見ながら食べる時は格別だ。御当地の絵など描かれた包み紙をとる時のあのワクワク感はこたえられない。

これからの季節、東北方面へ出かけると稲刈りの風景と共に刈り取られた稲の積み方を見れば、そこがかつてどこの藩に属していたか分かったのだ。伊達藩と南部藩では一方が人形のように積み上げるそうだ。一方では、ただただ高く積んでいくなど、楽しみは尽きなかった。今はハザに稲をかける天日干しの風景すらなくなっていくが、日本人にとって田園の風景はイコール故郷の風景でもある。

すずめおどしの案山子などの土地土地で違ったものを見るのも楽しみだった。

新幹線は今や北海道までつながって軽井沢の友人の話では、函館まで五時間で行けるという。どんどん便利になる事は、やむを得ない面もある。この前のオリンピックでは、高速道路が整備され、新幹線が通った。今度はどうなるのだろうか。

効率一辺倒になる事ではなく、日本の文化を発信する機会になればいいのだが。

（2019年10月17日号「旅から見える心の風景」）

胸が高まる夜通しの舞

正月気分もすっかり抜けて、日常が戻ってきたはずの時期、地方には「正月いざ本番」という風習が残されている。

たとえば小正月、女正月というのは一月十五日のこと。元旦からのいわゆる正月は忙しく、立ち働かなければならない女性達が、やっとホッと出来るのが一月十五日頃。そこで一休みする女性のために女正月や小正月と呼んだのだ。

地域の神や仏に芸能を奉納する時期と正月を組み合わせることもある。

山形県庄内地方、現在は鶴岡市にある黒川能はその最たるものといっていい。二月一日と二日の両日、一年かかって準備した櫛引町《くしびきまち》の春日神社で王祇祭が行われる。土地の人々にとっては、五百年余の歴史のある黒川能を神社で舞う一連の行事は、一年の中で最大の行事。日本全国や海外からも訪れる人々で賑わう。

私も八年間、この黒川能を見るために通ったことがあった。

一月半ば頃になると、そわそわと落ち着かなくなる。もう今年は無理かなと思いつつ、仲間を誘って、一月三十一日になると新幹線で新潟まで行き、羽越本線に乗り換え、荒れ狂う冬の日本海の波しぶきを見て鶴岡に辿り着く。

飛行機なら庄内空港まで一時間足らずなのだが、黒川能という行事に対峙するためには、こちらもそれなりの覚悟を持ってのぞまねばならない。時間をかけ、徐々に心の高まりを作っていくのだ。

鶴岡駅には、かつての庄内藩主・酒井家の当代の奥様が出迎えて下さる。東京からこの地に結婚して移り住んだ天美《あまみ》さんは、チャキチャキの江戸っ子だったが、長い間にのどかな鶴岡弁に染まっている。

「はるかだのう!」

久しぶりですね、という意味の庄内の言葉。この言葉で挨拶を交わし、駅前のホテルにチェックイン。

翌日、二月一日の午後、今度は当代の殿様の運転する車に乗って春日神社の宮司さんのお宅でまずは王祇祭の御馳走にあずかる。

一人一人用意された塗りのお膳に、焼き豆腐やあん餅など決まった品が乗っている。それを頂いてから、黒川能を拝見する場所に移動する。

一年目は運良く宮司さんの自宅が当屋だったので、長い廊下を歩いて舞台の設定された広間に行くだけですんだ。

廊下の外はガラス戸の下から半分が雪に埋もれている。なにしろもっとも雪の深い厳冬期である。何年目だったか、雪の格別多い日に、私達は車で移動中、田んぼに落ちてしまった。一面真っ白で、道路か田畑か全く見分けがつかない。運良く通りかかった地元の車が引き上げてくれたが、それでなければどうなったことか……。


黒川能を奉納するのは、毎年選ばれた二軒。上座と下座という農家である。それも祖父から孫に至るまで、三代以上男がそろっている家。能を舞うのは男に限られているからだ。

当屋になった家では、広間の大改造が行われ、能舞台が即座に造られる。羽織袴に白いハチマキできりりと正装した当屋の主が一番後ろの高い所に座り、客席はお座敷の畳の上、土地の人々が優先だからそれだけで満員のところへさらに、一目黒川能を見たいと申し込んでいた客が押しかけて立錐の余地もない。一度座ったら姿勢を変える事も出来ず、トイレに行くなど至難の業である。

それなのに、酒はヤカンに入ってふんだんにまわってくる。食べ物も右や左から。舞台の隅には、両手で抱えきれないほどの大きなろうそく。それが減ってくると、若い衆が油を注いで回復させる。

夕方六時になるといよいよ黒川能が始まる。ここから、次の日、二日の朝までびっしりと演目が途切れることがない。演じる方も徹夜なら、見る方もそれにつきあう。心意気と心意気のぶつかりあいだ。その熱気がひしひしとせまって、寒さを感じるひまもない。

最初の見どころは当屋の幼い子が演じる「大地踏」。難しいセリフを憶え、

「トートトットト……」

と大地を踏み、豊作を祈る。

三番叟《さんばそう》などお目出たいものがすむと、「難波」や「春鶯囀《しゅんのうてん》」と進んで、夜の十一時近くに小休止。上座から下座へ「暁の遣い」がやって来る。

「おめでとうございます」と、挨拶を交わして酒を酌み交わす。

「暁の遣い」が帰ると、「船弁慶」や「大江山」、「大蛇」、「紅葉狩」、「羅生門」と本番の能が控えている。その衣装の豪華なこと。練習を重ねたセリフ回しの見事さ。

しかし、本当の事を言うと、方言のままなので理解するのが難しい。

なにより長いので一度に全部見るのは不可能。今回は初めから暁の遣いまで、次回はその後から朝まで、と分けて二月二日に春日神社の中で奉納されるものを見る。


下座を見るだけで精一杯だが、上座も見たいとなるとあと三回、そしてどうしてもアンコールをして見たいのが、幼い子供の愛らしい大地踏み……となってくると、八年といってもあっという間である。

気がつくと七年目になっていて、総仕上げの意味で全篇を一気にと思っていたが、途中で眠くなり、結局果たせなかった。

終わるとぐったりして、もう来年は無理と思ってしまうが、また次の年が明け、一月半ばになるとそわそわと落ち着かない。

歌人の馬場あき子さんをはじめ、毎年レギュラーメンバーの姿がある。負けてはいられない、と思っていると、仲間から「どうする？」と電話がかかってくる。

その途端、

「トートトットト……」

あの拍子が聞こえてくるのだ。

（２０２０年2月13日号「夜通しの舞」）

祭りは心のふるさと

今頃になると、東京の都心でも「トコトントコトン」と懐かしい太鼓の音がして、町内の小さな祭りが行われる風景を目にしたが、今年はそれもない。

淋しい気もするが、盆踊りもなかったし、秋祭りも中止。これもコロナのせいである。

祭りは長い間、日本の伝統芸能として各地に細々と残ってきた。あの心浮き立つ太鼓のリズム、中心になる神社には夜店も出て、子供心にも待ち遠しかったが、今年はそれがほとんど行われない。

私は「地域伝統芸能まつり」という、総務省の外郭団体・地域創造とNHKが一緒になって年一回、冬にNHKホールで行われる祭りなどを選ぶ委員になっているが、今年二月に予定されていた全国各地から集まる伝統芸能祭りも全て中止になった。

地域に根ざし、その年の当番になった町が山車《だし》を飾りつけ、毎夜遅くまで練習した歌舞《かぶ》音曲《おんぎょく》を披露する。代々、祖父から父へ、父から子へ、子から孫へと引き継がれ、子供達も祭りの主人公になる事に憧れた大事な催しだったのに。

重要文化財の山車が保存されている所もあるが、毎年手作りで先輩から教わって見よう見まねで作ったものを祭りの終了と共に取り壊し、また次の祭りには新しくする所もある。静かで情緒満点のものもあれば、男達が力余ってけんかに至るほどのエネルギーに満ち溢れたものまで、祭りは一年のストレスを発散する機会なのだ。

祭りの夜は無礼講で酒を飲み、男女のカップルは闇に消え、その日だけは都会に出ていた人も戻ってくる。祭りとふるさとは切っても切れない関係にあり、懐かしさの源泉であった。東京のような大都会でも、三社祭や、鷲《おおとり》神社でのお酉さまなど、祭りは神事でもあった。

全くの観光客として参加したのは、青森のねぶただった。もちろん見物だけする予定だったのだが、気を利かした宿のおかみさんが鈴のついた浴衣から衣装一式を用意し、

「さぁ、行っておいで！」

と、送り出されたからにはもう逃げるわけにはいかない。

派手な電飾飾りのねぶたの山車の後について、教えられた通りに足踏みをして踊りの輪についていく。気がついてみると、必死で踊っている間にずいぶん遠くまで来てしまっていた。

顔は火照り、最初は心許なかった足どりがしっかりして私も立派なねぶた衆の一人になっていた。

もともと踊りは嫌いではないのだ。

「踊る阿呆に見る阿呆、

同じ阿呆なら踊らにゃそんそん」

とはよく言ったもので、祭りは見るものではなく参加してこそ意味がある。

そういえば、四十年ほど前には阿波踊りのテレビ中継に、編笠つけて、ピンクのけだしで踊った事もあったっけ。


六本木や広尾に住むようになっても、麻布十番のお祭りなどには必ず出かけていった。

スマホが普及し、コロナで分断されても私達の心の中から祭りは消えない。それは、本来祭りとは見るものではなく、参加するものだからである。今は、無観客で実施など、見る側と演じる側が分かれているが、本来は演じる人も見る人も同じ町内で氏神さまに捧げるためのものだった。

鉢巻きをして揃いのはっぴ姿、あのキリリとした格好は、一度は経験してみたい。

祭りを経験する事で、一人前の男になるともいわれた。

そう、祭りはほとんどが男のものだったのである。裸でもみ合う祭りや、神輿を担ぐのもみな男で、男が一番輝く時で、男の色気がムンムンと匂った。神事なので、女人禁制だった事も関係があるかもしれない。

ともかく男が美しくなる事は女にとっても幸せな事だった。女は酒を用意し料理を作り、おおむね裏方を担った。

阿波踊りなど踊りを伴う祭りには、早くから女が参加していたが、神輿が担げるようになったのはごく最近の事。私も子供の頃から長い事、一度でいいから神輿を担ぎたいと思っていた。


浦安に住む友人に誘われて土地の祭りに参加した時は、四年か五年に一度の祭りのための衣装を友人が用意してくれて、初めて神輿を担いだ。今から三十年以上前の事である。まだ元気いっぱいだったが、さすがに肩に食い込む神輿の棒の痕はいつまでたっても消えなかった。

下町にはまだまだ由緒ある祭りがいくつも残っている。時代とともに消えつつあるが、なんとか残せないものだろうか。地方創生とは祭りの再生からが近道ではないかと思うのだが。

人々がその土地に昔から伝わる祭りに参加出来てこそ、地方創生である。

ところが、やりたくても出来ない事態が次々と出現した。

まず、二〇一一年に3・11の東日本大震災が発生した時。あの時は、保存されていた山車や衣装が流されて、中断された所も多かった。

しかし、そんな人々を勇気づけてくれたのも祭りだったのである。海辺の漁村では久しぶりに大漁旗が踊ったり、残された山車や衣装でかろうじて祭りらしきものが出来た。祭りは意気消沈した人々の心を奮い立たせてくれた。

そこへ今度はコロナである。人々を元気づけようにも、三密になるから集まれない。太鼓や踊りの練習も出来ず、完全に止まってしまった。

日本のみならず、全世界から祭りが消えた。

ゴートゥトラベルやゴートゥイートではなく、私達の心の奥に懐かしく眠っている祭りを取り戻したい。一日も早くその日が来るのを待ち望むしかない。


（2020年11月5・12日号「祭りが消えた」）

不安を癒やしてくれる名詩

コロナの時期、私の仕事がなくならないことは幸せである。しかも、家で出来る仕事。東京と軽井沢の山荘を往復しながら仕事と散歩で日々を過ごす。

旧軽（旧軽井沢）にある山荘のまわりもリモートなのか長く滞在する人が増えた。かつて女子聖学院寮のあった土地には、クラブ式の買取邸宅が出来、すでに完売し、最後に残った二十口を見学に来る人も多いのだ。現在、軽井沢はバブルだという。土地代の高い旧軽などを除いてマンションもすぐ売り切れるという。

たしかに春から秋は過ごしやすいが、冬の寒さは格別。東京へ通勤する友人の話では、早朝、ホームで列車の到着を待っている辛さは経験しないとわからないという。マイナス十度は真冬なら当たり前、先日もマイナス二度で震え上がった。我が家は完全暖房なのだが、着いた日はやはり冷える。

暖炉に薪をくべて、ようやく落ち着く。NHKアナで、定年後に軽井沢で念願の和食の店を開いた夫婦も結局数年後、千葉県・鴨川の暖かい地に移っていった。住むという事はなかなかにきつい。地域の人々と心を開けるまで時間もかかる。雪の降った後、凍りついてアイスバーンになると、歩くのも車の運転も楽ではない。落葉の始末も大変だ。高い梢から降ってくる黄色い落葉松の針のような雨。樅《もみ》の木を残して、みな落葉になって積み重なる。中でも朴《ほお》の木の大きな葉はバサッ、バサッと音を立てて落ちてくる。

秋の日のヴィオロンのためいきのひたぶるに身にしみてうら悲し。
鐘のおとに胸ふたぎ色かへて涙ぐむ過ぎし日のおもひでや。
げにわれはうらぶれてここかしこさだめなくとび散らふ落葉かな。

ポール・ヴェルレーヌの「落葉」という有名な詩である。日本語訳は上田敏、『海潮音』

という海外の訳詩集は実に音が美しく、若い頃の愛読詩であった。

その頃は上っ面だけしか理解出来なかったとみえ、今読み返してみると、深い意味があった事に気づく。

叙情性を感じさせるのは二節目までで、その後はすさまじい。今の自分はうらぶれて、定めなく飛び散る落葉、なのである。

この詩を老いの詩ととらえてみよう。秋のある日、ふと気づくと髪に白いものがまじり、青春ははるか遠くに去ってしまった。ヴァイオリンのすすり泣く音色はため息のごとくにわびしさを増す。彼方から響く教会の鐘の音に、ふと涙ぐむ。

残されたのは、過ぎし日々の想い出だけ……。老いは素早く、音もなくしのび寄る。最初は一本見つけただけの白髪が、見る間に増え、月日は頭上を飛び去っていく。

なんという悲しい詩だったのだろうか。自分が高齢になって初めて気づく事が出来た。

私は若い頃、詩が好きで、欧米の詩から日本の詩まで暗記してよくくちずさんだ。音楽に乗せて朗読もした。

自分でも詩らしきものを同人誌用に書いたり、卒論も萩原朔太郎論で――下降の精神を中心に――という副題がついていた。

『くちずさみたくなる名詩』を編んだのは二〇〇四年の事。かれこれ十数年前になる。海竜社の若い編集者が、私が詩が好きだと言ったので作ってくれた。私が好きな詩を選び、エッセイをそえて。おまけに、私の詩の朗読ＣＤまでついていた。

詩は文学の中でも最高位にあるはずが、日本ではなかなかなじめなくなっている。だから本もあまり売れないだろうと思われていた。部数も他の私の本に比べ少なめだったし、詩の好きな、私の気持ちがわかる人に差し上げていた。

ところがそれから十数年経った今年、海竜社の若い男性編集者から「あの本をもう一度愛蔵版として出しましょう」という電話があった。

嬉しかった。ともかく嬉しかった。あの本を大事に思ってくれた人がいた事が。

人々は、外にも出られず自分の心と対話する中で気づいたのだ。傷ついた心をなぐさめてくれる大切な詩の存在に。

心を潤してくれる言葉に、人々は飢えている。誰に愚痴ってみる事も出来ず、ひたすら不安に苛まれ、そんな中で心を癒やしてくれる存在に気づいたに違いない。

愛蔵版は落ち着いたベージュに柿色の帯の装幀。想像の翼を広げていただくために、私の朗読のCDはあえてつけなかった。

北原白秋、中原中也、高村光太郎、立原道造、谷川俊太郎、茨木のり子、私にとって大切な宝の入った本である。ジャン・コクトー、ヘッセ、ヴェルレーヌ、タゴールといった外国人の詩も入っている。

その中で一つ、ヘルマン・ヘッセの詩を紹介しよう。

この詩はドイツの作家であり詩人であり哲学者でもあり、ノーベル文学賞を一九四六年に受賞したヘッセの『庭仕事の愉しみ』という本の中にある詩である。スイス湖畔の別荘で思想に耽るヘッセの前を一羽の蝶が横切った。

「青い蝶」

一羽の小さい青い蝶が風に吹かれて飛んでゆく
真珠母色のにわか雨が
きらきらちらちら消えてゆく

そのように一瞬きらめきながら
そのように風に飛ばされて
しあわせがわたしに合図しながら
きらきらちらちら消えていった

岡田朝雄（訳）

うつうつとした日々に、この詩を贈りたい。

（２０２０年12月10日号「くちずさみたくなる名詩」）

第二章

ルール2 一人の時間を確保する

「暁子命」の母からの一人立ち

知人の娘がカナダに高校留学をした。妖精のような雰囲気のある子で、我が子のように可愛がっていた。見かけと違って本人は「虫愛《め》でる姫君」で、おたまじゃくしを蛙に孵したり、亀やトカゲを飼ったり、軽井沢の山荘に来てもカナヘビの巣を見つけるとその前から動かない。

私とつれあいを、〝ひろちゃん、あきちゃん〟と呼び、〝ひろちゃん〟とは交換日記をしていた。

カナダに行く前に送別会をしようと思っていたら、急遽コロナウイルスのおかげで出発が早まり、さよならも言えないうちに行ってしまった。

本人は新しい世界にわくわくして、到着後大好きな本屋めぐりの写真をラインで送ってきた。

若いという事は素晴らしい。前しか見ていない。

せめて、一人娘を遠くに行かせた両親と私達四人で食事でもと思っていたら、実はコロナのせいで到着後十四日間、一か所に留め置かれるかもしれないと心配した父親が一緒について行ったのだと知った。

よほど気にかかったのだろう。その気持ちもわからないではないが、折角一人で旅立つ娘の事を考えると、「可愛い子には旅をさせよ」という言葉が浮かんでしまう。

などと、エラそうな事を言っているが、私には苦い経験があるのだ。


大学を出てNHKのアナウンサーになり、すぐ名古屋に転勤になり旅立った時の事だ。まだ新幹線もなく、二十人ほどの同期生は東と西に分かれて、全員が夜行で赴任する事になった。一番近いのが名古屋。みんなと同じ列車では深夜の一時頃に着いてしまう。そこで知恵を絞って、大阪までみんなと一緒の列車で行き、そこから近鉄特急で名古屋に行けば、昼間に到着出来る。

名古屋局から迎えに来る先輩もそのほうがいいだろうと勝手に解釈して、大阪経由で近鉄名古屋駅に到着した。

するとどうだろう。

ホームには、アナウンサーの先輩と並んで、母がいるではないか。

「暁子命」の母は、心配でたまらず、私に内緒で東京から直行で名古屋へ着き、私を迎えに来たというわけだ。

私は恥ずかしかった。一人前になってこれからという時に、親離れの出来ない駄目女をさらけ出してしまって、すっかり信用を無くしてしまった。

独身寮で母は荷物の整理などして三日ほどして東京へ戻っていった。

その時の事を考えると、親の愛情は時として子供の自立を損なうものだと思うのだ。

しかも私の場合、大学を出て成人になり大人の第一歩を踏み出すはずだったのだ。

知人の娘の場合は、中学を出たばかり。まだ十代の半ばだから心配は大きかったのかもしれない。

さて、巣立ちの季節。方々で卒業式が華やかに行われるはずだった。それもこれもコロナのおかげでキャンセルや簡素化が増えている。

当事者には淋しい気持ちもあるだろう。しかし、それによって見直されることもあるのだ。

このところの入学式や卒業式は、いささか異常なところがあった。子供や孫を祝いたい肉親の気持ちはよくわかるけれど、なぜ出席するのは卒業生本人だけではないのか。まぁ小学校や中学校までは義務教育だから、保護者同伴も理解出来るが、高校や大学の場合はどうだろう。

もう成人を迎えるのだから、一人の大人として送り出す方がふさわしくないだろうか。社会人になる人、大学生になる人たちは様々だけれど、だからこそ卒業生同士で十分時間をとって将来を語り合ってほしい。

今や大学生の制服のようになった華美な袴姿で親や祖父母と連なっている図は、お世辞にも決して美しいとは言い難い。

親も親なら子も子だと思う。私は高校の卒業式も大学の卒業式も、出席したいという親の希望を断った。私達の時代は、親族が来るのは珍しかったのだ。いつの間にか親やら祖父母やら、当たり前の風景になってしまった。

私は『家族という病』（幻冬舎）という新書を出しているが、家族のつながりが個を阻害する例をいくつも見てきた。これだけ新型コロナで大きな危機を迎えているのに、〝自分には関係ない〟とばかりに街に出ている若い世代を見ると、なんと幼い事かと思う。なんと成熟出来ていない事かと。それも家族の形が生み出してしまった歪みなのかもしれない。自分だけがよければそれでいいなど、社会性のかけらもない。

子供の成長は親を乗り越えていくもの。いつまでも一緒にいるという形だけが家族の風景ではない。祖父母、親、子供という役割で成り立つ家族ではなく、血のつながりなり、心のつながりがある家族であってほしい。

学生時代、私と同じクラスだった友人と、アメリカから帰国した友人と三人で久しぶりに会うという日、級友から電話が入り、「今日は孫のお受験だからどうしても行けない」という。あきれて物も言えなかった。自分の受験でもなく、ましてや子供の受験ですらない。親が付き添う必要もないのに、なぜ祖父母がお受験なのか。同様に高校や大学に保護者がついていくのも私にはよくわからない。

家でじっとしてお祈りするのだというが……孫にとってはプレッシャー以外の何ものでもないはずなのだ。

それを愛情と勘違いしている。

その意味で考えてみると、今回の新型コロナウイルスによる様々なイベントのキャンセルは、何気なく行っていた習慣への疑問を持つ、良い機会になったとはいえないだろうか。

うまくいった事は忘れても、うまくいかなかった事は心に深く残るものである。

何年か経って、この年の事を振り返った時に、かえっていつもの年よりも印象に残っているのではないだろうか。

「あの時は大変だったわね」と、かえって想い出話になっているかもしれない。

（2020年4月16日号「『当たり前』の転換」）

私だけの時間をくれる山荘

春蟬《はるぜみ》の声に包まれている。春蟬を知っているだろうか。私は知らなかった。松蟬ともいうが、それが蟬の声だなんて誰が信じるだろう。快晴の日の森の中、木漏れ日とともに降りてくる。

「あれは蛙だろうか、鳥だろうか、といぶかしがった」

立原道造の詩の真似をするとこうなる。

その姿は見えない。ある日、散歩中、小さな亡骸を見つけた。三センチほどの透明な翅《はね》を持った小さな蟬。

くり返しくり返し、日の射している間中鳴いている。季節は六月の初めから、梅雨の晴れ間に鳴く。六月に鳴く蟬がいるとは。軽井沢で過ごす時間が長くなるまで知らなかった。夏やゴールデンウィークに訪れる人は聞くことが出来ない。私だって軽井沢に山荘を持ってからも、何年も知らなかった。ある時、出会ってから、そのほんの十日か二十日の短い時期をめざして訪れるようになった。

ちょうど六月の初め、『家庭画報』の撮影があって、ぴったり出会えた。前の年は花開かなかった石楠花《しゃくなげ》が白い花弁を開き、キスゲの黄が固まって咲いている。朱や白のつつじはもう散りかけ。オダマキの紫がふくらんでいる。

春から夏へ。この時期の山荘を撮って、八月号の軽井沢特集に載せるという。

私の山荘が雑誌やテレビで紹介されるのには、理由がある。日本建築の第一人者といわれた吉村順三氏の設計したものだからだ。私は偶然のことからこの家を手に入れた。

学生時代から、万平ホテル正面アルプス三階の三角の頂点に一つだけあったシングルの部屋や、今は公開されるだけになった三笠ホテルの猫脚のバスタブのある部屋に泊まり、落葉松の中の細い道をあてどなく歩き、時には馬に乗せてもらって辿るのが一番の贅沢だった。その後松葉タクシーになった場所には、貸馬がつながれていた。

NHKのアナウンサーから民放のキャスターだった頃は、短い休みしか取れず、自分の山荘を持とうとは思わなかったが、物書きの仕事が増えるにつれて、冷房が苦手なこともあって長期に滞在する場所が必要になった。

どの位探しただろう。馴染みの軽井沢の不動産屋は軒並み。さらに海側の湯河原や真鶴まで。結局軽井沢にもどって、知人の別荘の庭に建つB&B（ベッドとブレックファストのみの宿）にいる時、そこの管理をしていた旧軽井沢の愛宕や三笠に詳しい不動産屋に「ちょっと見てみませんか」と誘われた。場所や建物探しに疲れ果て、もうこれで最後と足を運んだのだった。


私はかつて自分で設計した南欧風の家を、知り合いの大工さんに無理を言って世田谷の等々力、多摩川に南面する坂に建てた事がある。家探しは大好きな事の一つなのだ。だから気に入ったものがあるまで探す。妥協はしない。新築しても自分のイメージ通りになかなかゆかず、出来上がったものを主に見て歩いていた。

そして愛宕の深い森の中にあるその家！　坂を上って左に私道を入り、板張りのさり気なく質素な佇まい。この一帯に明治の頃、避暑地として宣教師をはじめ多くの外国人達が夏を過ごす家を建築した。第一号のショーハウスは、今も板張りの素朴な姿のまま公開されている。

何の説明も聞かず、誘われるように私道に面したドアを開き、中に入り、吹き抜けの高い天井の居間の正面の石の暖炉は教会のイメージだった。そして左手、つまり南側に広がるベランダに立った時、私は「買います！」と呟いていた。由来も値段も何も聞かずに。

一幅の絵だった。障子、網戸、ガラス戸、雨戸、全てが両側の厚い戸袋に収納され、二階とその下の一階に小部屋を持つこの豊かな空間は何だろう。ベランダに佇んでいるだけで、ゆるやかな階段に腰かけているだけで、おおらかな気分になる。この家のかもし出す空気のきっぱりとした美しさ。

後で聞けば、かの吉村順三の晩年の設計という。持主はエロイーズ・カニングハムという日本のクラシック音楽界、特に青少年に本物のオーケストラを聞かせるために百歳まで様々なプログラムを届け続けた女性だ。明治の初め、二歳で宣教師の父とともに来日。夏は愛宕の別荘で、エドウィン・ライシャワーをはじめとする友達と一緒に演劇をしたり、登山やサイクリング、ダンスパーティなど二ヶ月間を楽しんだ。

その跡が残っている。

〝CUNNINGHAM〟の文字の残る門柱。エロイーズと妹のドリスが遊んだ、壊れかけた石のベンチ。そして我が家の私道入口に残る巨大な石積みの苔むした水槽。生活用水を溜めたものだという。一千坪ほどの敷地に、眺めの良さから「フェアビュウ」と呼ばれた邸。そのまままっすぐ坂を下れば軽井沢駅で、樹々が小さい時は、駅に着く人が見えたという。今はプリンスホテルのスキー場の山々が連なる。

向かいにはかつて講談社の寮、静楽荘があった。

古くなった家を壊し、戦後、エロイーズが建てたのが吉村順三設計の家。吉村は聖パウロ教会などを建てたアントニン・レーモンドの弟子で妻や娘は音楽家。普段からつきあいがあったエロイーズはピアノ、ドリスはヴィオラを弾いた。年と共に坂がきつくなり、千坪を二つに割って売り、南が丘の平地にハーモニーハウスという演奏会の出来る小さいホールと自分の住まいのメロディハウスを吉村の設計で作り、夏を過ごす事になる。

そして売りに出された土地と家を私が一目で気に入って買った。ＥＣ85と彫られた建築年数から十年は経っていたので、家の値はなく、なんと吉村順三設計の家を私は土地代だけで手に入れたのだ。出来るだけそのままの形で使い、昨年軽井沢の由緒ある建築に選ばれた。この山荘のある事で私は生き返る。夏の家に寄り添うように、中村好文設計の暖房完備の冬の家も建てた。

午後五時、夕暮れが近づいて、春蟬の声が自然に終息した。

（2019年6月27日号「軽井沢を愛する理由」）

挫折こそ人生

日の経つ事がなんと早い事か。特に夏が終わり、秋立つ間もなく、台風など自然災害が拍車をかけ、ガタガタと崩れるように年末。

年々早く感じられるのは、私が年を重ねたからだけではなく、地球そのものが年を重ねるのが早くなったのではなかろうか。

地球温暖化が叫ばれて久しいが、遅々として対策は進まず世界中の国々の足並みがそろわない。特にアメリカはその傾向が強く、ヨーロッパや他の国々と共同の施策に懐疑的だ。そして日本もまた、火力発電による排出ガスの減少には消極的である。

この数年急に地球が年をとった。しかもその速度が速まって、ある時重層的に様々な要素が重なって「破滅」の二文字が残る。

かつて地球学者に聞いた事があった。

いつだか分からぬが、Xデーは必ず来る。それを止める事は出来ない。人間に出来る事は、その日を出来るだけ引き延ばす事だと。そのために知恵を結集すべきだと。

しかしその警告に耳を貸さず、自国だけ良ければという傾向がどんどん強まっている。一番大きなきっかけは、アメリカのトランプ大統領の出現である。世界でもっとも経済力と権力を持つ国の、自国最優先主義にならって、ヨーロッパ、特にイギリスなどでは似たような情況が起きている。

戦後、知恵をしぼって営々と積み上げられてきた人間の叡知が崩れていく事のいかに早いことか。なんとも無力感に苛まれる日々が流れる。

アマゾンの大規模火災やオーストラリアでコアラが千頭は死んだという火事のニュースや、台風や洪水や地震などにも、だんだん驚かなくなっている自分自身に驚く。人々は憂いつつ、自分のすぐ身のまわりの事だけに目を向け、なんとか不安をごまかそうとしている。

そうでもしなければ、挫折感に苛まれ、地の底に沈んでしまいかねない。

私事だが、『人生にとって挫折とは何か』（集英社）という本を'19年秋、上梓した。挫折には大きくわけて二つある。自然災害など、不可抗力によって引き起こされるものと、自分自身が原因のものと。不可抗力と思われるものには、その他病気や、家族や友人など人間関係に引き起こされるものもある。

それを人々はどうやって乗り越えていくのかを考えてみたかった。

私自身の体験と、誰でも知っている有名人の挫折に加えて、大きな挫折に出遭ったと思える友人知人にインタビューを試みた。

その中で気づかされた事がある。他人の目には挫折と思われるものも、その渦中にいる人々にとってはそれを乗り越える事に精一杯で、挫折とは受け取っていないこと。人間には再生への力が宿っている事を実感させられた。挫折とは通過点でしかなく、挫折と思い込む事で挫折に引きずり込まれる。

自分で起こした事は、自分で乗り越えるしかない。そのためには、自分で考え、自分で決め、自分で実行してこそ責任が取れる。それを積み重ねる事で生き方が決まってくるわけで、そのための挫折ならかえって人間を強くする機会になる。挫折とは当人にとっては〝試練〟なのだ。

挫折のない人などいないし、挫折あってこそ。その時どうふるまうかによって、その後の人生が決まってくる。

挫折こそ、人生という物語の始まりなのだ。

自然災害や、私達のまわりを囲む政治情況などによって立ちはだかるのは不可抗力の挫折だ。

最近でいえば、「桜を見る会」に関する問題、国民の大多数が、連日のマスコミ報道で明らかになっている事は真実だろうと確信しているが、きちんと説明される事もなく、国会は幕を閉じようとしている。モリカケ問題も同じだった。こういう事の積み重ねが、私達に無力感を生む。

そして何ともいえない挫折感のどん底に突き落とされるのだ。

この挫折感を乗り越えるにはどうしたらいいのか。答えは政治家の側にもあるのは当然だが、私達にも責任はある。

そうした政治不信を生み出す政治家を選んだのは、私達なのだ。責任は巡り巡って私達に戻ってくる。

アメリカ人と結婚している高校時代の友人が帰国した。彼女は共和党支持ではあるものの、トランプ大統領のやり方には反対である。

自国だけ良ければという事は、自分だけ儲かれば良いという事と同じ。そういう人を選んだという事は、アメリカ国民の責任だという。

アメリカの銃規制が進まぬように、アメリカ人は今でもマッチョな人が好き、西部劇時代から変わっていないと嘆く。

日本人も同じだ。

3・11が起きた時、日本の経済効率一辺倒の考え方が変わるのではないかと思ったが、何も変わらなかった。変わらないどころか、ますます格差は広がり、弱者は切り捨てられ、閉塞感だけが充満している。

私達は3・11から何も学ばなかったのか。目の前で起きている政治情況に目を塞ぐ事なく、声を上げなければいけないのではないか。

年の暮れを前にしてしみじみ思う。

今年もすでに池や川には、冬鳥が渡って来た。

(2020年1月2・9日号「挫折に負けないために」)

私だけが知っている散歩道

テレビのニュースを見ていたら、〝都心のオアシス〟と、等々力渓谷に涼を求めて集う人々が多いという。確かに地上よりは二、三度涼しく渓谷らしきものも二キロにわたって流れているから、コロナでどこへも出かけられない今、近場で訪れる人が増えているのも納得できる。

カップルもいれば、年配の家族連れもいる。ほとんどの人が初めてだと言っていた。都内にもまだまだ知られていない所はあるのだろうが、ここは私にとっては散歩コースというよりは、庭のごとき存在だった。

世田谷区等々力……と今も番地まで住所がすらすらと出てくる。その等々力の家には二十年以上暮らし、都心のマンションに移ってからも、父母が亡くなっても、まだ家だけは存在していて、正月とお花見の時期に等々力不動にお詣りし、我が家に寄って誰もいない家に空気を入れた。

ある正月、鍵をあけると、二階から「ダダダ……」と下りて来たものがある。お月様のような目をした大きな黒猫だった。我が家の主のように見張ってくれていたらしい。猫が下りて来た二階の私の部屋に入ってみると日当たりの良い場所に柔らかく丸いクッションが凹んで、触ってみると温かい。寸前まで猫が寝ていたのだろう。猫好きとしては猫の住まいになっているのは嬉しい。トイレの窓などガラスの破れ目からいくらでも自由に入れる。

等々力といっても駅は東急大井町線尾山台の方が等々力より少し近い。多摩川に面する坂の上で、私が土地を見つけ、南欧風屋根に木の鎧扉つきの鉄の出窓のある、設計も自分でした家だった。西武池袋線中村橋駅近くにあった祖父母の建てた古い日本家屋を売って建て替えたのだ。今から思うと、黒板塀で小島にさるすべりが一本生えた池がある由緒ある家だったのだが、若気の至りで明るくヨーロッパ風の家に憧れていた。

新しい家は、当時桜並木だった環八から少し入った風致地区で、等々力不動までは歩いて十五分で行けた。私は散歩が好きで、最初のうちは猫のように自分のテリトリーを決めるべく近場を歩き回った。

多摩川コース、田園調布コース、九品仏《くほんぶつ》コース等々、日々違う道を発見して喜んでいたが、中でもお気に入りが等々力不動から等々力渓谷へのコースであった。週に一回は出かけたと思う。

住宅街を抜け、私が秘密の花園と呼んでいた協栄生命の広い庭園で花々に挨拶し、少し登ると等々力不動の境内である。桜の名所として名高く、毎年そこで〝恒例お花見〟と称して親しい友人、仕事仲間が集い、ゴザを敷いて食べ物・飲み物持参で楽しんだが、その後通り抜け以外禁止になった。花見の後は我が家に集い、酒と母の手作り料理で二次会。隣でゴザを敷いていた全く知らない人がついてきたりした。玄関に大きな桜の枝を飾り、客好きの母はこの日を楽しみにしていた。

花見も愉しかったが、私が本当に好きだったのは、ジーンズに草履ばきで、一人ふらふらと訪れる等々力渓谷への道だった。

お不動さんまではお詣りに来る人や、崖の下の滝に白い衣装で打たれて行をする人達を見かけたが、その先に続く渓谷まで歩を進める人は少なかった。

道路も整備されておらず、訪れる人が無い。渓谷と呼ぶには流れのゆるい川が上流から下流に向かって流れ、ずっと先の多摩川に合流しているはずだった。近隣からの排水が混ざって泡立っている部分もあり、お世辞にもきれいな水とはいえなかった。それでも珍しく長い水路に惹かれ、上流に向かって歩く。流れの変わるあたりに太鼓橋があって、そこを渡ると風景が変化する。


上流に向かって左手の高い崖は崩れかけていて、そこに三階建てのコンクリートの洋館がもう使われていないらしく、やっとの思いで建っていた。そこには蔦や長い枝がからみつき、垂れ下がって廃墟になり、怪しげな風情を醸し出していた。この風景が気に入って、推理小説の舞台にと何度思ったことだろう。

太鼓橋のすぐ横には、ちょっとした空き地があって、たまにゴルフのショットを練習する人がいたが、それ以外に人に出会った事がない。いつ頃あったのか、「釣り堀」と書いた古い看板を見つけた事もある。

渓谷へ続く道は、環八や東急大井町線の等々力駅から地下深くを通っているはずなので、そこは地上とは比べものにならないほど涼しい。

夏場は誰も通らないその道を一人占め出来たが、そのうちに少しずつ知られるようになり、道は整備され手すりが付き、川の水は浄化されて沢蟹がいるようになり、下流には冬場はカルガモの姿も見られるように変化していった。

私が歩くコースとしては、自宅から等々力不動で手を合わせ、急な狭い石段を下りて不動滝に詣で、そばに赤い毛氈《もうせん》を敷いたお休み処で馴染みの店のおばさんと挨拶を交わし、わらび餅とお茶をいただき、誰も知らない等々力渓谷の探検に出かける。

あの壊れかけた建物や、私の好きな猟奇的な風景は、今はどうなっているのであろう。

懐かしい。NHKを辞めて独立し、民放のキャスターやコメンテーターをやりながら少しずつ物を書き始めていた頃。

仕事と恋愛と大きな挫折を抱えながら一人で辿った私の大切な散歩道……。

沢山の人達が都内の避暑地に訪れるようになり、コロナで疲れた心を癒やす。それはそれで素晴らしい事なのだろうけれど。

私の秘密を知る、あの道が知れ渡るのがちょっぴり淋しい気もするのだ。

（２０２０年9月10日号「私の等々力渓谷」）

決めるのはいつだって自分

都内に住む四十代の一人暮らしの女性から電話が来た。現在は、外国と交流のある機関に勤めていて、未婚だが両親は実家で健在である。

「……不安で不安でしょうがないんです。様々な噂が飛び交って、これからどうなるのか」

彼女は結婚願望はある。だが、そういう出会いがないらしい。かといって婚活に出かけるというタイプではない。

「一度、実家に帰ってお母さんの顔を見てきたら……」

〝お母さん子〟であることを知っているのでそう言ってみた。

「帰るまでの電車が危ないかもしれないし、母にうつす事があったら大変だから」

彼女の実家は関東圏内ではあるが少々時間がかかる。

一人住まいを訪れるボーイフレンドはいないらしい。ただただ自粛の日々で、自宅勤務をして買い物にだけ出かける。そんな毎日なら不安になっても仕方がない。出来るだけ話を聞く事にした。

もちろん友達はいるだろうが、こんな時、信用して不安を吐露したり、忌憚なく思った事を喋れる相手がいるかいないかは大きい。同性でも異性でもいいが、出来れば傍に話せる人がいればと思う事は自然のなりゆきだろう。

私だってとりあえずつれあいがいる事で、ずいぶん助かっている。私は子供の頃、病気だったおかげで一人には馴れているが、もし今のような場合、つれあいがいなかったら……と思うと、彼女の気持ちが分からなくはない。

ある結婚相談所に勤める人の話では、社会不安が増えると結婚の数も増えるという統計があるとか。経済と結婚は反比例する事になる。経済がうまくいってる時は、結婚を求める人はそれほど多くはなく、むしろ経済がうまくいかなくなって社会不安が増大すると結婚したい人が増える傾向があるらしい。

リーマン・ショックの時がそうだった。大企業がばたばた潰れ、社会全体を不安が覆った際、結婚を望む人が増えたとか。それも女性の側に多かったという。それ以前は男性のほうが婚活に来る人が多く、女は仕事にめざめてあまり結婚したがらなかったが、急に女性が不安になり出して、結婚を求めたという。

その経験からいっても、今回のコロナショックでも同様に、不安から結婚を考える人が増えるのではないかという。


外出自粛となると、外で友人と食事をする楽しみもなくなる。人恋しくもなるだろう。気がつくと、いつもよりつれあいと二人で過ごす時間が増えた。私の場合、自宅で原稿書きをする仕事だから、家にいても今まで二人で話すという事があまりなかった。

話す時間が増える事は、やはり理解を深めるのに役立つ。我が家の場合、つれあいは大学教授を卒業して、私より時間があるので料理が趣味のつれあいが食事を作るのだが、コロナで外食が減った分、献立などいつもより念入りに作ってくれている気がする。というより、外へ行けない分、家で出来る事を愉しんでいるのだろう。

買い物も私が原稿を書いている間に出かけて、今日は珍しくトイレットペーパーが残っていたとか、ティッシュが買えたとか、肉は鶏、豚、牛の順で売り切れていたなど生の情報が聞ける。

あるスーパーの従業員に感染者が出て、その向かいの馴染みの店も閉めざるを得なくなっていたとか……。

先ほどは、近くの和花専門店で、紅いつつじと山吹を買ってきて、最近はまっている自己流生け花で玄関とリビングに、外国製の酒ビンに入れて飾ってくれた。花を見るだけで気分が変わる。人には気づかなかった才能があるんだと感心させられる。自粛も悪い事だけではないのである。

今まで外へ外へと向かっていた興味を内に向ける。自分を知る、共に暮らす人を知る絶好のチャンスといえなくもない。

その意味で共に生活する人がいる事はありがたいと感じるのは事実だ。特に私のように一人娘で、病弱で、「暁子命」とばかり母親に甘やかされた人間にとっては。

けれども、たとえ結婚して一緒に暮らす人がいたとしても、根本的な不安が取り除かれるわけではない。言葉をかわす人が身近にいるという心強さはあるが、物事を考えたり、決めたりするのは結局自分自身であるからだ。

特に非常時に大事なのは、冷静な判断である。相談する相手がいるかどうかより、一人一人がどう考えるかが求められる。冷静に考えられず興奮してしまうと、二人になる事でいっそう不安が盛り上がることにもなりかねない。

3・11の時、津波てんでんこといわれた。ケースが違うけれど、家族を待ったり、友達と一緒に避難を考えるのではなく、自分の判断で一刻も早く安全な所へ逃げる事が命を救う事になるのだと知った。

その教訓から考えてみると、「コロナてんでんこ」という事もいえる。

何かというと人と集まり、人の考えに合わせ、自分で判断せずにいると、機を逸してしまうことになりかねない。

三つの密といわれる、「密集、密接、密閉」の中で判断を下すのは自分自身である。冷静な個を見失ってはコロナもなかなか終息しない。コロナは密が好きだから

（２０２０年４月30日号「距離感を考える」）

第二章

ルール3　義理つきあいはやめる

年賀状を出さなくなって

去年今年《こぞことし》ただ工事の灯《ひ》点滅す

かつてこんな句を作った事があった。

去年と今年の間、何が違うのだろう。何が変わったのだろう。淡々と時は流れ、いつもと同じ時を刻んでいるのに……。

「紅白歌合戦」が終わり、「ゆく年くる年」に変わる瞬間、〝ゴーン〟と除夜の鐘が鳴り、新しい年に変わっている。その瞬間を見定めたいと、マンションのベランダの窓をいっぱいに開けて、耳を澄ます。都心ではあるが、微かに寺の鐘の音が聞こえる気がする。はるか遠くの海に停泊する船が一斉に汽笛を鳴らす。かつてはそれが聞こえた。

しかしここ数年、ビルが林立したせいか聞こえなくなった。

私が大好きな東京タワーのライトアップも消える。

しかし、マンションの崖下の外苑西通りの工事の灯りは年末も年始も同じ間隔で点滅している。何も変わりがない。その事を句にしたのだ。

しかし変わりはあるのだ。外苑西通りを北に進めば、オリンピックの開会式場は完成している。

変化の一瞬は、あの大通りのどこかにあるのだろうか。

ともかく眠って区切りをつけて、元旦、私とつれあいは目覚めると着物を着る。いつからそうなったのか……。別に特別な着物を着るわけではない。さりげない普段着だが、着物のほうが改まる気がする。

私は子供の頃から着物が趣味の母親に育てられているから馴れているが、つれあいは、共に暮らすようになってから、年を重ねるにつれ、特にお茶を習いに月一回鎌倉に通うようになってから着物を好み、むしろ率先して着物を着たがる。

男の着物姿は、なかなかいい。書生っぽくなるかヤクザっぽくなるか、どちらも悪くない。着流しもいいが袴姿もキマると美しい。

我が家は二人暮らしだが正月の松飾りもするし、おせちやおとそ、お雑煮もきちんと作る。といってももっぱら作るのはつれあいで、手に負えないものや新鮮なものは西麻布の馴染みの魚屋に前もって頼んでおく。

お雑煮は関東風のすまし汁に具もすっきりしたもの。下重の家が関東だったのをなんとなく引き継いでいる。

二人で挨拶をすませて、雑煮とおせちを味わい、元旦号の新聞を開く。この日だけは、テレビも能や狂言が合うから不思議だ。

これだけの行事をこなした後は、年賀状を取りに行く。一階の郵便受けに溢れんばかりに入った年賀状。それを取りに行く時が楽しい。

着物の袖に抱えて三階まで上り、二人分をそれぞれに分けて目を通す。

誰から来て、誰から来ないか。早く返事を出すべきものと遅くていいものの順番をつけておく。

実は私は年賀状を出さないのだ。もう二十年前になるだろう。年賀状を書く時期はもっとも忙しい年末進行の仕事と重なり無理なのと、儀礼的なしきたりはあまり好きではないから。

といって年賀状をいただく事は大好きで、いそいそと取りにゆき一枚ずつ目を通す。

年を重ねると体力も続かないから無理をしたくはない。

年賀状をいただいた人だけに、寒中見舞いを出す事にした。寒中見舞いはすでにいただいた年賀状を見ながら書く。白一色の葉書に必ず一句したためて、連絡先と名前だけ。句と連絡先は印刷である。

真ん中の空間に必ず一人一人にメッセージを手書きする。

これなら新しい年になって六日頃からはじめればよく、無理がなく、しかも前年のうちに「おめでとうございます」などという嘘っぽさはない。

最近、メールで送るという人が多いのは、年賀状のように前々から用意するのでなく、今、その時の気持ちを伝えたいという想いはよく分かる。

せっかくいただいた年賀状に応えるのは礼儀だから必ず、四百枚近い年賀状に寒中見舞いを出す。その年に感じた事を句にして。

それが楽しい。詠んだ句を取り置いて下さる方や、次はどんな句かと待たれると嬉しい。出来るだけ、その年の感情を入れる。

年内に俳句だけは作って、印刷しておく。出すのは年が改まって十日頃から立春前まで。順次送っていく。

二〇二一年は、

私ひとり通れるだけの雪を搔《か》く

二〇二〇年は、

木枯にミイラの夢も覚めにけり

二〇一九年は、

地下鉄に乗ってくる咳降りる咳

それより以前に作ったものは、

思い出は煮凝ってなお小骨あり
冬眠の獣の気配森に満つ
落葉松の睫毛を閉じて山眠る
　等々。

すでに三十句以上になっている。

年賀状は一度に沢山来るので目立たないが、寒中見舞いは一段落した頃に到着するので印象に残る。

今年は令和三年だが、私は自分では西暦を使うので、寒中見舞いも日付は二〇二一年、寒である。


昨年、ある婦人雑誌から新春の巻頭言を頼まれた。

一瞬気がつかずに何故だろうと考えた。

「今年の年女ですから……」

と言われて気がついた。私は一九三六年のねずみ年生まれである。すっかり忘れていた。

（2020年1月16・23日号「新年の迎え方」）

贈り物は自分が楽しいと思える時だけ

最近の調査では、東京で住みたい場所の一位は、白金から高輪にかけての一帯だそうだ。確かに閑静な住宅街として知る人ぞ知る場所だったが、長い間、交通の便が良いとは言えなかった。それが品川に新幹線が停車し、地下鉄が通り、リニア中央新幹線の始発駅と言われるに及んですっかり変化し、一般人にも知られるようになり高嶺の花ではなくなった。

私が月に一回行く小さな美容室はその住宅地の中。知らなければ気がつかない。そこへ車で行くのには広尾から必ずプラチナ通りを通る。私はプラチナ通りが東京で一番気に入っている。

少し坂になっている西側に丈高い銀杏の並木。直線でなく、ゆるやかな曲線が優美な街角はパリを思わせる。

並んでいる店やレストランも街にふさわしく、おしゃれだがさり気ない。原宿や渋谷のように人で混み合う事も少ない。

ところがである。

一週間ほど前から一軒の店にずらりと人が並んでいる。みなマスクをして一メートルの間隔を保ち、お行儀良く坂の上まで続いている。

淡い緑色の枠のガラスの大きいケースの中に並んでいるのは、チョコレート。

そこは有名なチョコレート屋で、わざわざこの店まで足を延ばす人が絶えない。このところの行列はバレンタイン近くだったからだと判明した。

少し驚いた。コロナ禍、緊急事態宣言下でもバレンタインにチョコレートを贈る人が数多くいるのだ。若い女性達が多いが、日本発祥と言われるバレンタインの行事は健在だった。

そもそもバレンタインとは、ローマ時代の司教の名。祭りの日の前日、女性は桶に自分の名を書いた紙を入れ、男性はその桶から紙を一枚引いて、祭り当日カップルを組み、その中から恋愛や結婚する人も生まれたというのがはじまりだとか。兵士として戦地に赴く男性のための恋愛のチャンスになればとバレンタイン司教が推奨したが、皇帝はこれを快く思わず、司教を処刑した。

この聖バレンタインの殉教を記念して二月一四日になったといわれるが、日本流は全く起源が違う。

一九三二年に神戸のチョコレート店・モロゾフが二月は売上が落ち込むため、チョコレートを贈り物にするスタイルを紹介。そして七〇年代に、コピーを考えた。

男から女に、では面白くないから、女から男に。一年に一回、女から愛の告白が出来る日だと。

うまい事を考えたものだ。

単なる商戦から出たものだとしても男女の愛に切り込んだ所がユニークで面白い。しかもその後、職場での義理チョコやら友達への友チョコ、男から女への逆チョコ、果ては自分への自己チョコなど、いかにも日本らしい。

しかし、二月一四日にチョコレートを贈らねばならないという様な故なき風習に縛られる事への反省も芽生え、過去には「人間の価値をチョコの数で決めるな」というバレンタインデー粉砕デモも行われたという。チョコをもらった男性がお返しをするホワイトデーとやら、拡がりは際限ない。レストランやお菓子屋でチョコを入れたビーフシチューや和菓子も人気だという。

もうそろそろやめたらどうかと私など思ってしまうが、若い人達には楽しみの一つであるのだろう。

つれあいの所にも毎年、かつての職場や教えていた大学の教え子などからチョコレートが届く。中には交換日記をしている中学生から手造りのチョコなども。毎年結構喜んでいたが、今年のコロナ禍で買いに行くのも作るのも大変だからと、前もって電話していた。「もうやめましょう」と言うと、「ちょっと淋しいけど」と言いつつ了承したとか。

贈り物は難しい。はじめるのは易しいが、やめるのが厄介だ。暑中見舞いやお歳暮もそうだが、例年贈っていただいた所へ今年からやめるとはなかなか言いにくい。

従って出来るだけ恒例の贈り物はしないに限る。私はほとんど最近はする事がないが、日頃世話になっている人には外国に出かけた際など珍しいものや、その人に似合うと思うものを見つけるとお土産にする。これも義理になったり、しなければならぬという束縛ばかり大きくなったらやめるに限る。その人に贈る事が楽しい間だけやればいい。

かつて私が若い頃、十年間惚れぬいた相手の誕生日が二月一四日であった。なんとバレンタインデーその日に生まれたのだ。

生年月日にふさわしく、モテてモテて身が持たない男であったが、私はその誕生日に何を贈ろうかと銀座のサンモトヤマなど欧米の逸品を探しにまわったり、帝国ホテルの宝飾店で真珠のカフスボタンを特注したり、それはそれで楽しかった。彼の上衣の下からそのカフスボタンが見え隠れするのに心躍らせていた。

私にもそんな頃があったのだ。全く自分の事など省みず、ひたすらその人の事しか頭にない。もう二度とあんな私は戻ってこない。

その頃はまだ今のバレンタインデーなどは流行っていなかった。チョコレートを贈る事など考えもしなかったし、私が彼に身につけてもらいたいものや、きっと喜ぶに違いないものを想像して探し回るのに必死だった。彼のほうはというと、お返しという意味でなく、仕事で外国に行くたびに珍しいものをお土産だといって渡された。その中の一つ、小さな時計が先についた金鎖のペンダント。今でも大切に抽出の奥の箱に入っている。ある時間で止まったまま、時は刻まないが……。

さてそれはともかく、今年の二月一四日も無事に過ぎたようである。

あのプラチナ通りの行列も解消されただろう。私達の若い頃はまだゴディバなどなかなか手に入らなかったが、今では当たり前になってしまった。各国のチョコにも特徴があるが、私はウィーンでオペラ歌手をしている友人が帰国のたびに買って来てくれるチョコレートの箱が好きだ。ベートーヴェンやモーツァルトの肖像画が素晴らしいのだ。

（2021年3月11日号「贈り物の美学」）

美しい桜、つまらない桜

「桜を見る会に首相が地元の人々を招待した問題は炎上するわね」

しばらく前に食事をした友人が言った。その言は適中し、共同通信社の世論調査でも約六十九％の人が信頼出来ないと答えていた。

その友人は、外務省をはじめ各省庁のアドバイザー的な仕事をしていた女性なので、当然招かれて行った事があるという。だが一回行っただけであとは行った事がないそうだ。なぜかというと、全く楽しくも面白くもないからだそうで、一回行けば十分という意見だった。

私も全く同感である。というのは、私の所にも二、三度招待状が舞い込んで、どういう会なのか、なぜ私が招かれたのか分からなかったが、どういう会かを知るために一度だけ、終了間際にのぞいた事があった。

おそらく私が招かれた理由は、その頃（今から二十年以上前）、厚生省（当時）などの審議会の委員だったせいだろうと想像出来る。

今は立派な埋め立て地になった夢の島にゴミを積んだ船が続々到着して、まだ新しい机や椅子、電化製品などが堆《うずたか》く積まれ、その上に土をかけて島にするのだが、そこからチロチロと火が燃える事があり、有毒ガスも含まれるとかで視察に行ったりした。

新宿御苑に着いた頃は、門前で帰る人とすれ違ったが、中央の小高い所にはまだまだ人垣が出来ていて、その中心には当時の首相らしき人物（誰だったか忘れた）の姿があった。

近付いてみると、会った事も見た事もない人ばかり、中にテレビで見かける顔もあったが、知人ではないので挨拶をする事もなく通り過ぎた。

賑やかに屋台も出ていたが、ほとんど食べつくされた後で、焼き鳥の匂いだけが残っていた。

首相らしき人物と奥様や秘書官らしき人々がまわりの人に気を使い、一緒に写真を撮るのに忙しい。今思えば、その時は集まっている人々は首相の地元から来た人がほとんどだったのかもしれない。国の省庁の仕事に関係があるか、地方自治体から代表で来ている人とばかり思っていた。

「桜を見る会」とは言っても、すでに四月。染井吉野などはあらかた散って、八重桜のシーズンである。広い御苑の中にはあちこちにまだ花はあるが、人の数の方が多分多いに違いない。

私は人を避けて、池の橋を渡り、斜面にひっそりと咲いている薄桃色の桜を目指した。そこには誰も人がいない。多分、花を見るために来た人は少ないのではないか。

安倍首相自ら選んだ地元からの千人近くの招待者がいるといい、前夜にホテルニューオータニの食事会には八百人が参加した安倍政権での桜を見る会はもはや桜どころではなかっただろう。

そもそも政治家一人一人に招待枠があるなんて今回初めて知った。

公にやるからには、何人の招待者がいて、なぜ選ばれたのかを知りたい。招待された当人が、なぜだか分からないなどどうも気持ちが悪い。

そして当然いくらかかったのかの明細はあってしかるべきで、順番待ちまでして大シュレッダーで跡形もなく消してしまう必要など全くない。

なんといっても、桜が気の毒だ。

折角、懸命に咲いているのにあまり顧みられない。

桜に淋しい思いをさせるに忍びない。

我が家では、まだ等々力の実家にいた頃、友人知人を呼んで近くの桜の名所である等々力不動尊でお花見をし、その後歩いて十分ほどの我が家に移動してお客好きな母手作りの料理と酒で深夜まで盛り上がった。

「恒例お花見」は十年近く続いただろうか。みな楽しみにしていて下さった。花見中に、知りあった人を連れてくるので全く知らない人の靴がまじっていたり、花見の縁で等々力郵便局の一日局長をやったりもした。みな桜が好きだったが、一人で見るのは恐いくらい美しいので、誘い合わせて楽しんだ。そこで親しくなった人も多い。

桜を見る会では、人垣を離れれば、ゆっくりと誰も見る人のない桜を存分に楽しめたが、首相主催の会ならばもう少し趣向があってもいいと思うのだが、楽しい事も面白い事も何もなかった。

友人が、全く意味がなく楽しくないから二度と行かない、というのもよくわかる。

私も全く行くつもりもないし、そういう会なのだと分かって良かったと思った。

桜の花を楽しむには自分たちでいつものお花見をするのが一番だという事を分かっていただきたい。

「長屋の花見」という古典落語があるが、横丁の御隠居はじめ熊さん、八つぁんなど、仲の良い仲間が集まれば、たくあんを卵焼きに見立て、水を酒代わりに飲んではしゃごうとも楽しいのだ。

さて、今回の桜を見る会の余波はどこまで進むか。そんな手垢がついて面白くもない「桜を見る会」によからぬ人が参加していたなら徹底的に究明して欲しい。

私が一回だけ参加したその日、知っている顔に出会ったのはたったひと組。雑誌の対談で一緒になったことのある大学教授とその秘書の二人であった。

二人とも人波を避けて、私同様、裏門からひっそりと帰り道につくところだった。

（2020年1月1日号「世界一つまらない桜」）

第四章

ルール4　人は人、自分は自分

料理はしない、「食べる人」に徹する私

長野県の名門女子校だった（現在は共学）長野西高校の同窓会の記念講演に招かれた。親しい友人が卒業生であり、東京からついて来てくれた。駅につながるホテルメトロポリタンで講演後、善光寺さんへお詣りし、駅前で郷土料理を食べる。西校は善光寺の西にあり、石畳の参道を歩いて通ったと友人が話してくれた。松代から来ていたもう一人の友人も交えての郷土料理は、長野に詳しいつもりの私にも珍しかった。

山菜や岩魚や鮭の刺身、鮎や信州牛など馴染みのものの中に根曲がり竹の煮物がある。寒い土地ではいわゆる筍ではなく、根曲がり竹という野生の、雪でまっすぐに伸びられなかった竹の子を重宝する。さばの水煮のカンヅメを汁ごと、根曲がり竹を入れて煮る。さばと聞いて生臭くなるのではと思ったが、これが今まで経験のない美味。長野の家庭料理だという。その土地には土地の食物が根付く。海のない長野ではとりわけ様々に工夫されたのだろう。

長野県境の山を目の前に見る母の故郷は新潟県上越市。直江津など海が近く、米所で、かつて地主だった頃は豊かだった。

父の転勤先の大阪で敗戦を迎えた我が家は、軍人だった父が公職追放となり食物にも困窮し、しばらく母の郷里で過ごした事がある。ここで味わった銀シャリ（白米）の味や、清水で冷やされた水瓜《すいか》やまくわうりの美味しさは忘れられない。山一つ越えただけで長野とは全く違う食環境だった。そういえばその時、母の郷里、新井の駅を急行は通り越し、やむを得ず長野で一泊した。列車はどれもこれも買い出しや食糧疎開する人々で超満員。小さな子は網棚に寝かされ乗り降りも窓からしなければならなかった。

そんな中で私達の大切なトランクが車内に取り残された。その夜、駅前旅館は相部屋で、顔色の悪い一人旅の女性が小学生の私に青リンゴを剝いてくれた。翌日、駅にトランクが届けられていて、混乱の中でも人情はしっかり生きていた。

つれあいはすぐ近くの金沢で育ち、父の転勤で東京に行き、甲府へ疎開した先で焼け出された。義母は息子を背負い、二人の娘の手を引いて逃げたという。

その義母の得意料理が通称〝シナ料理〟。現在、シナという言葉は使えないが、その音がぴったりする、素朴だが食べはじめたらやめられない他にはない料理だ。レンコン、タケノコ、シイタケ、キヌサヤ、ニンジンなどの野菜に豚小間切れを少し炒めた料理だが、調味料がウスターソースの味を効かせたもので、正月料理の一品として義母は嫁に来て引き継いだという。

家には必ずその家にしかない味がある。

義母が亡くなってからは、つれあいが工夫して正月には必ず作る。だんだん慣れてきて義母の味に近づいてきた。

我が家では料理が趣味のつれあいが作る。まだ義父母が生きていた頃、正月二日には必ずその家を訪れた。横浜の青葉台にあったその家に着くとすぐ、つれあいはキッチンへ。すでに働いている義姉と義母にまじって正月料理を整える。おせち料理に加えて必ずあるのが、ずわい蟹。ほんとうは雌の香箱のほうが美味しい。つれあいが子供の頃は近江町市場でバケツ一杯買ってきておやつに食べていたというからぜいたくだ。

それにかぶらずし。近くに住む義姉が作って持ってくる。

三人の声を聞きながら、私は何をやっているかというと、隣室のこたつに差し向かいで義父と酒を酌み交わす。官僚だった義父は酒が強く、飲むにつれ方言も出て、だんだん可愛くなり、ふだん無口な人だけにその相手をする私の役目は大きい。

他の三人は無口な義父が苦手であまり近寄らないが、私は聞き上手に徹するので、私と酒を飲むのが大好きなのだ。

多分普通の家では見られない光景だろう。たいていはお嫁さんが気を遣って立ち働くのだろうけど、私の事を誰も嫁だとは思っていない。

暁子さんという一人の人間で、気むずかしい義父の相手をしてくれるので大喜びである。

つれあいは姉二人妹一人の中で唯一の男性だが、子供の頃から料理が好きで、すぐ台所に入りたがったという。男の子だからといってそれを止めなかった義父母も立派だった。そういう環境で育ったからこそ生活が土台だという事を背中で私に語ってくれる事が出来たのだ。

私はというと、子供の頃、結核で二年寝ていた事もあって家事は何もさせられなかった。何か家で働こうとすると止められたし、外で運動もせず、すっかり生活から足を離して生きてきてしまった。そのせいで他の人とは違う個が育ったことは否めないし、女の子として育てるなど父も母も多分考えていなかったのだろう。

そのため料理もしないし、つれあいの才能の芽は大いにのばして、私は食べる人に徹している。それぞれが得意な事をすればストレスも溜まらない。他人に迷惑をかけない限り、私達の暮らし方なのだからそれでいいと思っている。

つれあいは三つ年下だが、万一向こうが先にいなくなると、私は美味しいものが食べられない。そのためにも大好きな義母の味を私の味にするために、引き継いでおかなければならない。

（２０１９年７月25日号「食卓から人生を考える」）

引きこもりや孤独は悪い事ではない

　こんな哀しい表情を見た事があるだろうか。私はテレビや新聞に載ったその男性の写真から目をそむける事が出来なかった。諦め切って正面を見据えたその目付きには決意のようなものを漂わせている。

　農水省の次官だった男性が、家庭内暴力のやまぬ息子を刺殺した事件（二〇一九年）。隣の小学校で行われていた運動会で楽しげにはしゃぐ声を聞いて、

「音がうるさい。子供をぶっ殺すぞ！」

　その言葉は父親を、引きこもりだった男性が包丁でカリタス学園にバスで集団登校する小学生の列に切り込んだ、数日前に川崎で起きた事件に結びつけた。もしもそんな事件を引き起こしたら……。他に方法はない。もはや自分の手で息子を殺すしか。さもなければ自分も殺されるかもしれないし、他人様に迷惑をかける。

　その決断までどれほど長い年月がかかっているか。報道された情報だけで判断するのは

時期尚早だ。しかしそれにしても、あの父親の目の哀しさは何か。私なりに二回にわたって考えてみたい。

戦後減りつつあった殺人事件の中で、家族内の殺人事件だけが増え続け、ついに五割以上になったという。私は『家族という病』（幻冬舎）を六年前に出した者として、〝家族の難しさ〟についてやはりもう一度触れなければいけない。

著書の中で、「家族」という言葉の持つ幻想が優先して、それぞれ個として知るべき存在だという事を無視して、父や母、子供、など役割分担としての生き方が決まってしまっている事、もっとも分かり合う事の難しい相手こそ家族だという事を問題提起した。

農水省の次官というポストは、日本という国を動かす官公庁のトップ。エリート中のエリートである。

この家庭内で何が起きつつあったか。

超エリートを父に持つ息子も、かつては父を尊敬し、ブログなどに父のことを、国を動かす人物として讃美する言葉を連ねている。そこに嘘はなかったろう。しかし省みて、自分の能力の無さに気付くにつれ、逆に作用していった事は想像に難くない。エリートの親を持つ子供の辛さ。しかし多くの場合、親への疑問や考えの違いを投げつけ、反抗する事によって親を乗り越えていく。それがどんな形であろうと成長するという事なのだ。

父に頭の上がらぬ反面、息子は母を「愚母」と呼び、軽蔑している様子が見える。

近年、息子と母の間に起きている現象として、「ママっ子男子」なる言葉があった。息子が成人しても家を出ず、母と息子はべったり。引きこもりというのではなく、職業につき、お金も家に入れているが、映画やコンサートも母と一緒、買い物も必ず二人という状態ではガールフレンドも出来ない。息子もそうだが、母親が全く子離れ出来ず、息子がずっと家にいるのを喜んでいるという。

ある年代になったら独立し、親離れするのは当たり前。動物の例を見るまでもなく、ある日、親に拒否されて、子供は自ら道を探さざるを得なくなる。

私の知人にもそうした例があった。彼女は離婚後、親一人子一人で暮らしていた。成人しても息子は家を出ず、彼女は有名大学の事務職員として定年まで勤めて辞めたが、そこで決意した。このままではいけない。「８０５０」ではないが、「７０４０」前後で、自分の人生を取り戻すべく、息子に宣言した。この後は一人で京都に行って自分がやりたかった生き方をする。あなたはどうするか自分で考えなさいと放り出した。

東京の住まいは売ったので、彼はやむなくアパートを借り、自分一人を食べさせるべく働き始めた。それまでは収入は全て母に頼っていたのだ。

一年経ち、私が京都を訪れた際、彼女と食事をして聞いてみると、息子も最初こそ戸惑ってはいたが、今は彼女が上京すると、自分の働いたお金で寿司などごちそうしてくれたと嬉しそうだった。

いくつからだって遅くはない。一人立ちは出来る。病気でさえなければ、自分一人を養う事は出来る。彼女の決断は遅きに失した感じもするが、息子の自立に役立ったのだった。

川崎のカリタス学園の事件と、元農水次官の事件を考える時に、気をつけなければいけないのは、引きこもりと刺殺事件を関連づけて考えてはいけないという事だ。

引きこもりとは、元来、外へ向かって攻撃的になるのではなく、一人自分の家や部屋にこもって外界と接する事を避けたい心理で、逆の状態にある。それが極限まで達すると全く逆に作用する事はあるにしても、本来は無関心。

むしろ引きこもりになりやすい人は根が優しく繊細で、傷つきやすい。

私は小学校二、三年を結核で学校にも行けず、一人家で隔離され、同じ年の頃の友達もいなかった事から、大学に行く頃になっても友達とうまくつきあえず、一人でいる事のほうが安心出来たので、その心理がわかる。


引きこもりや孤独は決して悪い事ではない。私の場合、その時間に一人で遊び楽しむコツを身につけたのが今に至っているのだから。むしろ外界に引きずり回される事なく、内省的な時間を持つ事が出来て、私にはプラスであった。そしてもう一つ、本当の自由を得るには経済的自立と精神的自立が欠かせない事を経験で知っていて、自分一人の事は自分でずっと養ってきたのが土台にある。自分の事は自分で考え、決断し、自分で責任を取る。

それが個としての大人である。自分の子供だろうと、親だろうと、違う個である。

農水省の元次官は自分の家族である息子が他人に迷惑をかける前にと思ったかもしれないが、犯罪をもし起こしたとすれば、それは息子の責任で親の責任ではない。家族であっても個である事を見失い、親が息子の責任を取るという所が虚しく哀しい。引きこもりでいる事の自由を容認しつつ個としての自立を促す事――簡単ではないが、それを寛容し助ける社会であってほしいのだ。

（2019年7月4日号「引きこもりに想う」）

社会や職場に適応出来ないのも個性

〝「引きこもり」呼称変えませんか〟

という新聞の読者欄への投稿があった。それによると、たまたま学校や職場で適応できなかった人が自宅で一定期間生活すると引きこもりと烙印を押され、その言葉で分断されてしまうと投稿者は危惧している。

いじめ、パワハラ、家族間の問題など様々な内的外的な事が原因なのに、「引きこもり」という言葉で片付けてしまうと、そこで思考停止するという意見に同感だ。「引きこもり」というレッテルを貼ってしまう事の危険性。日本人はすぐにレッテルを貼りたがる。そして自分達とは違う存在として区分する。そして安心する。その事がいかに区分された人の人格を傷めつけ、さらに数を増やしているかに気がつかない。

この投稿者はさらに提案する。引きこもる事は社会悪なのか。実は一つの個性なのではないか。個性の一つという受け止め方に私は拍手する。そう、世の中には社会、特に職場や学校に適応出来ない人がいる。それが悪だろうか。むしろそうした人々の中にこそ個性的な才能が潜んでいる事だって大いにあると思う。

引きこもりは特別な事ではない。誰だって何かのきっかけでなる可能性はある。他人事とは考えられない。

かつて私が大学生だった頃、毎日キャンパスライフを楽しんでいる友達から疎外された思いで、他にうまく融けこめない自分を当時の言葉でノイローゼと決めつけて、ひそかに精神科医を訪れた事があった。

そこでロールシャッハ・テストを受け、図形を見せられた。「何に見えるか」との問いに、わざと変わった答えを言うと、そのたびに「あなたは正常です」と言われた。

学校に通うのがいやで、一人で川の土手を上流へとひたすら辿ったり、自分の部屋で本ばかり読んでいたり……そんな私は引きこもり予備軍だったが、自分で医者を訪ねる行動に出たら、そこで〝許容して〟もらえた事で救われた気がする。

他者と接しないかわり、自分と接する時間は多く、自分を知る事に楽しみを見つけている。拙著『極上の孤独』（幻冬舎）でも、私は、自分をより深く知る事と一人遊びの愉しみを書いた。そうやって本当の自分を知る事によって、どんな時に人は悲しく、どんな時に人は嬉しいか想像力を深くする事が出来る。

「引きこもり」と称するのではなく、「家庭内生活者」などという呼称はどうかという提案もあったが、私はむしろ十把一絡げの呼称などなくていいのではないかと思っている。なぜなら、若者か中高年かという年齢ひとつとっても、原因も解決方法も違ってくるからだ。

若い頃は自分自身の悩みなど、内的な原因が多く、少しのきっかけやアドバイスで解決する事も多い。

一方、昨今問題になっている中高年の〝引きこもり〟は、社会から断絶されている時間が長く、なかなかもとの状態に戻りにくい。

その中高年の引きこもりは、六十一万人ともいわれ、８０５０問題という社会問題になっているのは前回触れた通り。きっかけは些細な事だったかもしれないが、長く社会と接していないために、若年に比べて、なかなか回復する事が難しい。引きこもりを脱して、なんとか新しい会社に就職しても、そこでまた偏見にあい、打ちのめされ、引きこもりに戻る例は多いという。

数日休みをとると、「だから引きこもりは」と言われ、やっとパート先を見つけたかと思ったら、先頃起きた事件の影響で〝犯罪予備軍〟に見られる。なんという社会の無神経さ。どうして自分の事として想像する事が出来ないのだろう。なんとか這い上がろう、社会に順応しようと努力している人々の手を離して再び闇に突き落とそうとしている事になる。

私はある組織の長をしていた時の、長期欠席者の事を思い出す。きっかけは病気だったり、外国と日本との環境の違いだったり、様々だったが、一人は病気回復後もなかなか職場に融けこめないために、まもなく職場から遠ざかり、やめざるを得なかった。

もう一人、優秀な人材で、ヨーロッパ駐在員としてドイツに数年過ごし、のびのびと個性を発揮して新しいアイデアなど提案してくれたのに、日本に戻った途端、新しい事に挑戦しない旧態依然とした職場に息が詰まりそうで、仕事を休みがちになった。期待していただけに、直接会ってはげましたが、彼の繊細な神経は職場の官僚的体質に馴染めなかった。しばらくの間、通称引きこもりの状態で姿を見せなかったが、今どうしているのかと気にかかる。

ユニークな発想の人物が生きにくい世の中にあって、自分に合った仕事を見つけてくれている事を願わずにはいられない。

呼称を変える、偏見をなくす、という動きがある事にとにかく私が賛同するのは〝引きこもり〟は、一つの個性として社会が受け止める事が出来れば解決の糸口はつかめると思うから。

〝引きこもり〟を「引きこもり」として私達の中から疎外してはいけない。

（2019年7月11日号「続・引きこもりに想う」）

男らしく、女らしく、に縛られない

引きこもりについて、二回続けて書いたが、書ききれない事がある。急遽、もう一回つけ加えることにした。

政府の調査によると、中高年の引きこもりは八割近くが男性で、男女差があまりに大きい。なぜなのか。それは男と女の育ち方や環境の違いがあると私には思える。

男は夢想家や空想家が多いのに反して、女は現実的だといわれる事が多い。しかしそれは女という性が現実的なのではなくて、現実的にならざるを得ない。生活という現実の土台をより多く担わされているからではなかろうか。女という性を考える上では、子供を産む性である事も大きい。

その重大な現実を引き受けなければならぬ事、そして子供が生まれたら、育児をはじめ家庭内の暮らしの大部分は相変わらず女の仕事のようになっている現実。

男女差別のない社会にあっても男と女の違いは確然としている。

私は男女の役割分担には反対だし、我が家などむしろ料理をはじめ家事はつれあいが好きでやっている。外へ行って仕事をするのは、私の方が多い。無理矢理そうしたのではない。一緒に暮らしはじめる前、彼の家に遊びに行ったら、台所に立って長い背を折り、トントントンと野菜を刻む後ろ姿に生活の大切さを、私は初めて感じる事が出来て、ひょっとしたら私のように地から足を離して生きてきた者でも、他人と暮らせるかもしれないと思った。それまで、私のまわりは、音楽家や画家など、いわゆる芸術家のたぐいの友達が多く、私も芸術至上主義、恋愛至上主義にかぶれていた。

生活など下に見て、地に足をつけて生きる事に逆らってきたのが、初めて生活の大切さを教えられたのだった。

私の場合、ごく一般的な男女関係と全く逆の所から出発しているが、一般的には女のほうが家事など生活面を担当する事で現実といやおうなく接触するために、その雑事に追われ、引きこもりになる事が少ないとは言える気がする。つれあいの場合、見ていると、テレビ局勤めや大学教授など外の世界と触れる仕事をしなくなっても、料理を中心とした家事が好きな事で、引きこもりや認知症になるのを防いでいる。

家事が女のものではない事は当然だが、一方で家事を多く担う（担わなければならない）事で引きこもりになるのを防いでくれる面は否めない。そう思うともっと楽しんでやりたくなってくる。

一人暮らしを考えてみても、うまくいっているケースはたいてい女の場合が多いという。これも一人で生活するための知恵や技術を最低限心得ている（心得ざるを得ない現実がある）から不自由だったり、引きこもる必要がない。

男の場合、一人暮らしの引きこもりも多いといわれるが、それは生活に不自由を感じても、最低限夜中にコンビニやスーパーに出かけて用をすませ、あとは部屋にこもりっきり。ゲームに熱中したり、妄想を描いたり、現実との接触はままならなくなり、社会と断絶していく事で姿を隠してしまうのだろう。

実際に、家庭内で女の子と男の子がいた場合、女の子は早く家を出て一人暮らしで仕事もし結婚もし自立するケースが多いが、男の子の場合には、長く家を出ようとはしない。親類にもそうしているうちに年をとり、バイト程度はするものの一度も就職しないで中年になった男性がいるが、その姉妹はさっさと家を出て一人暮らしから自分の生活を築きあげている。

原因は男女の差というよりも、家庭における男女の子育てに違いがあるのではないか。

私は三十年以上前、ある出版社で「男たちの育て方」という題名の本を出そうと、編集者と協力して出版間際までいって、社長に「男に失礼だ！」という理由で題名を変えられた事を忘れない。

当時はぴったり、いや今も通用する題名と思えるのに。

『「男の子の育て方」を真剣に考えてたら夫とのセックスが週3回になりました』という本が大和書房から送られてきた。著者の田房永子さんは『母がしんどい』（ＫＡＤＯＫＡＷＡ）というコミックエッセイがベストセラーになったマンガ家で、『家族という病』（幻冬舎）を私が出した時、対談した事がある。

自分に女の子が生まれた時と、男の子が生まれた時の事を綴ったエッセイだが、それによると男の子と女の子は母親にとって全く違う存在らしい。

私の友人にも男の子は文句なしに可愛いが、女の子は同性でよくわかるだけに、うっとうしい存在になる可能性があるというから、女の子が早く実家から独立したがる理由もわかる気がする。

私の場合は逆に、母があまりにも一人娘の私を「暁子命」と思っていただけに、それを逃れるために一人立ちしたかったのだが。

男の子は育てられる過程で、母に愛されるために、本能的にその掌から出て行かなくなる。一人立ちする勇気がスポイルされる。母もまた自分だけのものにしておきたいのだろう。ズルズルと親子の関係が続いて、抜き差しならぬ所まで行ってしまう事は想像に難くない。

夢想家や空想家と並んで、マニアやコレクターにも男性が多い。一つの事に夢中になる、いわゆるオタクになれるのも、目の前の現実が見えてしまう女性より男性の方が素質があるのだろう。最近の一連の事件では〝オタク＝引きこもり〟ではないという事が強調されたようにも思うが、実際にそれは全く違う。夢中になれる事があるかないか、それを探す感性を失くしてしまうのはこれほど悲しい事はない。
（2019年7月18日号「続々・引きこもりに想う」）

事実婚に戻したいほどの不快さ

見間違いではないかと何度も目をこすった。夫婦別姓について安倍首相（当時）が語った言葉だ。

党首討論で立憲民主党の枝野代表が、同姓の強要が経済分野で女性の社会参画を妨害しているとして選択的夫婦別姓制度の必要性を質問したところ、首相はこう答えた。

「夫婦別姓の問題ではなく、しっかりと経済を成長させる」

司会者が、「選択的夫婦別姓制度はいらないという返答でいいか」と聞くと、「いわば経済成長と関わりがない」と答えた。

呆然として、怒りよりも悲しみがこみ上げてきた。首相の頭の中にあるのは経済成長の数字であって、その担い手である人間ではないのだ。とりわけ女性の活躍とうたいあげながら、女性の心など全く分かってはいないし、興味もないのだ。

選択的夫婦別姓については、以前から様々に議論されてきた。特に働く女性達からは、改姓による様々な不便、不利益の声が、裁判にかけられた例もある。近いところでは、二〇一五年の最高裁の判決では認められず、今後の問題として国会などで国民的議論を深めるようにと文言が付け加えられていた。

それまでは女性からの訴えが多かったが、二〇一八年にＩＴ社長の男性からの訴えが出て今度こそはと思ったが、結果はやはり敗訴。

世界中を見渡しても、先進各国の中で夫婦同姓が定められているのは日本だけといっていい。欧米はもちろん、中国や韓国でも以前から選択的夫婦別姓は施行されている。ドイツでは同姓の時期があったが、すぐ改められ、今は選択的夫婦別姓である。

日本でも一時、野田聖子さんなどが中心になって議論が盛り上がるかに見えたが、そのまま停滞して当たらずさわらず、現状維持。国会で議論するようにという裁判所の勧告にすら答えていない。そこへもって来て、今回の首相の発言。神経を逆なでされる思いがする。首相にすれば、夫婦別姓と経済成長は関係ないと言いたいのだろうが、経済成長でごまかす問題ではない。私も大学を出て放送局に就職後に独立して、現在文筆業を中心にずっと自分自身は自分で養ってきた人間として、どれほどの不便と不利益と戦って来た事か。

私自身は、全くつれあいの姓にする気などなく、一緒に暮らすだけで良かったのだが、組織に勤めるつれあいが、外国勤務をはじめとする事務手続き上、同じにして欲しいという組織側からの無言の圧力があり、やむを得ず向こうの姓にしたが、直後から後悔する破目になった。当時、今から四十五年前はそういう時代だったのである。

最初のうちは名を呼ばれても誰のことだか分からなかった。区役所で、病院で名を呼ばれる。よくある名前なので、しばらくはぼうっとして他人のような気がしていた。

パスポートの名も法律上の名前であるから、もはや公式には下重という私の姓は存在しない。ずっとこの名で生きて絶え間なく仕事をして来たし、誰もそれを疑わない。最近ではペンネームの欄に書き込まれたりして、もともと私の名前なのにと内心じくじたるものがある。

　それでも、仕事上はそれで通用しているなら何も不便はないだろうという人がいるが、飛行機のチケットの名とパスポートの名が違っている事で問題になった事などどれくらいあるだろう。

　事実婚に戻そうと思った事も何度もあるが、つれあいには私の不便さは分かっても、その都度味わう不快さは分からない。


　そう不快なのだ。自分の本来の名がこの世に存在しないという事は、私という人間がこの世に存在しないという事だ。

　その不快さといったら……。これは男にはなかなか分からない。つれあいもリベラルな考えの男だが、私の不快さは感覚として分からないようだ。

　ましてや首相にはその想像力など多分皆無であろう、もちろん女性の中にはつれあいの名を名乗る事に抵抗がなく、むしろ嬉しい人もいるだろう。それも当然の事なのだからこそ、選択制でどちらでも選べるというのにかたくなに法律的に拒否され、国会で議論もされず、あげくのはては「経済成長と関わりがない」と切って捨てられる。女性ばかりではなく、男性が女性の姓になった時の不便さ、不快さはＩＴ社長の例を見ればよくわかる。なぜかたくなに国会の議論にさえ乗らず、そっぽを向こうとするのか。

それには家族の問題が関わっていると私は思う。日本は永年の家族制度が個人の生き方を阻害してきた。戦時中など、国の命令は第二の国家というべき家を管理すれば通用した。多分かろうじて守られている家族制度が崩れる事を恐れているのだろう。

しかし個人の尊厳は憲法十三条に保障されている。その「個人」の文言を「人」に直したいと自民党の草案は言っている。一人一人みな違う意見を持つ個人になるのが恐いのだ。家としてひとくくりの中に縛りつければ管理しやすいが、個人になると手に負えない。それを恐れているのだろう。選択的夫婦別姓は、個の力を助長させる。その事を阻止したくてかたくなに議論の俎上にも載せない。それこそ、女性の活躍などといくらうたいあげられても、机上の空論で誰も信じてはいない。

それより前に、不便で不快であるという女性の人格を無視している事になる。

遅かれ早かれ日本も本格的に夫婦別姓になると信じて、波風を立てず、私は下重の姓を取り戻そうと待っていた。しかし、首相の真意が分かったいま、ぐずぐずしてはいられない。私は、下重暁子という存在を取り戻して死ぬつもりなのだから。

年齢は捨てると言いながらも、私の場合、人生の締切がそう先ではないと考えると、自らが決断を下さねばならない。私だけでなく、多くの同様の考えを持つ女性の、いや男性の人格も考え、選択的夫婦別姓に賭けてきたが、私一人の決断の時は近づいたようだ。

（2019年8月1日号「きみの名は」）

足並みを揃える〝制服〟への違和感

この時期になると思い出す。忘れもしない。一昨年の一月八日のことである。着物のレンタル会社として日本中に展開していた「はれのひ」株式会社の詐欺事件が起きた。

成人の日を前にして多くの被害者が出てその日を楽しみにしていた成人の多くが振袖が

届かず、悲しい思いをした。門出の日に、なんたる事かと怒りが渦巻き、母や祖母の着物を直して間に合わせたりと大混乱であった。

日本人は他人と同じ事をするのが好きだ。あの白やら色つきやらの大きな毛皮風のショール。様々な紋様の振袖、まるで制服にしか見えない。

成人の日に女性が振袖を着るのはもはや〝常識〟で、男性も羽織袴姿。たった一日のために高価な物を買わずにレンタルでということで、その業界が儲かると目をつけた業者が増え、はれのひのようなずさんな経営者が出てしまった。

なにしろ一着、何十万円とレンタルでも高価で驚く。美容院や着付けやらとお金のかかる事。それでも一生に一度の記念にと親御さん達が大枚を投じる。その気持ちは十分にわかるが、なんとももったいない。商業主義の犠牲になったのだ。そのお金で将来のためになる事に使えないものかとかねがね思っていた。

「みんなが着ているから私も……」では成人の第一歩から間違っていないだろうか。

一生他人と同じように生きたい。長いものには巻かれる事を宣言しているようなものだ。

今日から第一歩として他人のしない自分だけの発想で物事をはじめてみないか。

例えば、この機会に好きなブランドでこのあと何度も着られるアルマーニなどの黒の本当に上質なスーツを新調するとか。日本では黒は忌みの色のように思われているが、多くの華やかな色の中で一番目立つ色は黒。かつて多くのハリウッド女優の集まるパーティで黒の細身のパンツにセーターで、何の装飾もなく現れたオードリー・ヘプバーンがもっとも目立ったというエピソードのごとく。

勇気はいるが、私ならそうする。かつて大学の卒業時に、振袖かスーツでまだ誰も袴などはいていない頃、薄いピンク色の着物に濃紫の袴を私ははいていった。

それも母のお下がりである。

着物よりキリッとした感じが欲しかった。

現在では卒業式の袴姿も、まるで制服のようになってしまったから今なら決して着ないだろうけれど。

高価で派手な成人式の振袖。様々な布、色、紋様があるがよく見ると決して手がこんでいない表面だけの物が多い。

着物の良さは二枚とない手の込んだ美しさなのだが、レンタルにそれを求めるのは無理だ。

私の母は、新潟の地主の娘で、最初望まれて大地主の一人息子と結婚したが（後に結核で死亡）、八日八晩、衣装を替え、お客を違えての披露宴のため京都に注文して素晴らしい八枚の打掛をつくった。うち三枚は、後に私のための振袖になり、あとの五枚は戦後農家でお米と交換し、我が家を飢えから救ってくれた。

その振袖の染めや縫製も今では出来ない凝り方で、二枚とないものだけに、振袖は友人知人の娘の結婚式のお色直しに使ってもらっている。

私からのお祝いとして。

中でも私が世話になっている鍼の中国人の先生の娘で、慶應大学大学院の同級生の男性との結婚式で着てもらった時は嬉しかった。くすんだ朱に様々な縫取りのあるしっとり感が、聡明な彼女にぴったりだった。

はれのひ事件をきっかけに、母の着物や、祖母の着物を直して着る傾向が出てきたとか。良い事だ。母の着た晴れ着を娘が引き継ぐ。着物とはもともとそうしたものだったのだ。

私は、母の母、新潟の祖母が嫁いだ時に着たという鈍い銀の地に小さな金と白の鶴の舞う打掛を母が着物に仕立て直したものを大切にしている。長い年月の間に傷や破れもあったろうが、着物が趣味だった母が、小袖風に新しくした。色が地味なので、朱や紫やどんな豪華な帯も合う。雑誌の撮影やパーティなどでもひときわ映える私の宝物である。


私が成人式を迎えた頃、昭和三十年代はまだ戦後を引きずっていた。

華美な服装など思いもよらず、区役所に出向くと紅白のまんじゅうがおみやげに出ただけだった。大学生でアルバイトに追われ、式典などあまり好きでないので欠席した。

その後、社会に出て、放送や活字の仕事に携わるようになって、皮肉なことに成人式の講演にたびたび呼ばれ、式典に出るようになった。

そのたびに一部の成人達は自分達で騒ぎまくり、話など聞かない事が分かり、出向かぬようになったのだが。

成人式も有名無実。変えようという動きが出てきている。各都道府県、新成人の間からも様々な意見が出ている。

議論の大きな焦点のひとつが、成人年齢を十八歳にするか二十歳にするかである。今のところ二十歳でいいのではないかという意見が強いようだが、十八歳から選挙権を得て国政に参加する時期に合わせた方がいいという意見も根強い。

大いに議論して、お仕着せの成人式ではない、自分達の成人式を成人になった人々の手で作り上げていってほしい。

いずれにしろ成人の日は大きな節目を迎えているといえる。形式や服装ではない。きちんとした「成人」としての「自覚」を持てるような日になることを望みたい。

（2020年2月6日号「大人になれない成人たちへ」）

三回り年下のパートナーを見つけたい

内海桂子さんが亡くなった。九十七歳だった。多臓器不全だというが、大往生には違いない。最後まで現役だったその生き方は、生きる場が違っても見習いたいものだ。

有名になったのは、「内海桂子・好江」の絶妙な漫才コンビだった。テンポが速く突っ込み鋭い好江さん。それを受けてやんわりと常識で答える桂子師匠。この二人はコンビというより、文字通り師匠と弟子だった。芸能界に入ったばかりの好江さんの面倒を父親に頼まれて、一から仕込み、人気抜群のその漫才は、時代を先取りした新しさと古くから伝わる伝統に裏打ちされていた。

私は特に桂子師匠の都々逸《どどいつ》が好きだった。三味線片手に語る粋な文句は子供の頃から磨いたものだ。

東京は下町の生まれ。太平洋戦争では慰問にも出かけ、シングルマザーとして厳しい戦後を生き抜いた。キャバレーで三味線を弾いたり、団子を売ったりして、十四歳の好江さんを厳しく仕込んでコンビを組む。

芸には厳しく、好江さんに「鬼ばばあ」と言われながらその才能を見事に花開かせた。好江さんが惜しまれながら亡くなった後も、お得意の踊りと都々逸で一人舞台に立ち続け漫才協会会長になり、ナイツなど若手を育てる事に情熱を注いでいた。

「好江さんがいなかったら私もなかった。彼女以上の相手はいなかった」と言うなど、好江さんの芸を認め、その包容力で見守られてこその好江さんの芸だったと思う。


好江さんと同じ年、昭和十一年生まれである私は、永六輔さんや紀伊國屋書店の田辺礼一元副社長（紀伊國屋書店創業者・故田辺茂一氏の長男）との縁もあり、好江さんとよく一緒に遊んだ。十一年生まれの三人娘と称して、民謡歌手の斎藤京子さんと三人で永さんの舞台を盛り上げたりした。好江さんは頭がよく、回転が速く、その気っぷの良さと芯からの芸人魂は桂子師匠から仕込まれたものだった。それでいてプライベートでは可愛くていつも洋装。皇居の庭などの手入れをする有名な庭師の夫と仲が良かった。その御主人が先に亡くなって、後を追うように一九九七年に同じようにがんで亡くなった。

司会もうまく、永さんとのコンビは他の誰にも真似の出来ないもので、晩年まで仲良く出来たのは幸せだった。

食事をする時など、好江さんはいつも一人で現れたので桂子師匠にお会いした事はないが、好江さんの芸は桂子師匠あってのものだった。

全く違う素質があんなに見事に合った漫才を他に知らない。


漫才コンビというのはプライベートでは決してべたべたしない。むしろ仲が悪い方が本番が面白くなると言われる。「桂子・好江」の漫才もだからこそ面白かった。

「長い間生きてきたから若い人とは違う」と言い、戦争体験に裏付けられた平和への深い思いも根底にあったろう。

「何があっても芸人は舞台を休めない」と言って、最後まで生涯前向きを貫いて、前を向いたまま亡くなった。

百歳まであと少し。芸歴は八十二年。見事な生き方だったと思う。

桂子師匠のような本物の芸人は今後現れないだろう。芸だけでなく、日頃の暮らしも律儀で人の面倒も良く見た。

おしゃれで粋で、着物には金を惜しみなく使い、その影響もあってか好江さんも舞台は着物。いつも洋装なのにあっという間に手品のように着物姿を披露した。

私が特に桂子師匠が素敵だと思う事がある。

それは晩年に二回り年下の夫と結婚した事である。それも彼の方からどうしてもと言って、桂子師匠を身近で支え続けた。

私も出来ればそうありたいと思う。もし私がつれあいより生きのびるとして、そういう若い人が見つかるだろうか。それは私次第である。桂子師匠は面倒見も良かったが、きっと人柄も魅力的で可愛い人だったのだろうと思う。

一人で三味線をかかえ、あの都々逸を弾く姿が目に焼き付いている。それでいて新しい物にも挑戦。ツイッターを十年も続けていたという。

毎日起きる身の回りの出来事や感じた事を二回り年下の夫がまとめてツイッターに投稿。フォロワーは四十万にのぼっていたそうだ。

最後まで今という時代に生き、若者とも通じ合っていたのが素晴らしい。人は年齢ではない。心や感動は必ず通じ合える。だからこそ最後まで現役であったのだ。

私も二回りといわず、三回りでも年下のパートナーを見つけられるような自分でありたい。

仕事柄、編集者をはじめ若い人とつきあうチャンスが多い。幸せな事だ。若い人の頭は柔軟だ。独りよがりかもしれないが、私は彼等とつきあって違和感がまるでない。子供達には必ず「あきこちゃん」と呼んでもらう。

桂子師匠に負けずに、私も若いパートナーがいる生活……と考えただけで楽しいではないか。感性の合いそうな人を見つけたら友達になっておこう。

桂子師匠の晩年の幸せは、若い頃苦労をした土台の上にある。その人生にしっかり向き合って自分の足で歩いてきた。その結果なのだ。

今頃は川の向こうで三味線を片手に好江さんが迎えに出ているかもしれない。あの世でもまたあの名漫才を聞かせてもらいたいものだ。
自分の足で歩いた立派な人生、本当にお疲れさまでした。
（２０２０年９月24日・10月１日号「素敵な生き方、終い方」）

第五章

ルール5　空気は読まなくていい

自分という個人に確信を持つ

国会がはじまって早速、ヤジが問題になっていた。それも多分、女性議員が発したと思えるものだ。御本人に確かめると、「違う」という答えはなかったのだから、そうだと思って間違いはあるまい。

それが女性議員から発せられたらしい事に私は少なからずショックを受けた。

そもそもは、国民民主党の玉木（雄一郎）代表の言に発する。「選択的夫婦別姓についてこれだけ世論の高まりがあるのに、首相はその必要性を感じないか」といった趣旨の質問であった。

選択的夫婦別姓については裁判で違憲ではないと結論づけられたが、国会で議論されるようにと付け加えられていた。しかし一向にその気配もなく、玉木代表の質問はその事を踏まえていたと思える。

それに対し、女性議員のヤジは、

「それなら結婚しなければいい」
というものだった。

私は怒り狂っている。

なぜ、結婚＝同姓が当たり前なのか。姓を変える覚悟、夫の姓を受け入れる覚悟もなくて結婚するなという声もあがっているというが、ふざけるなと言いたい。そんな覚悟は不必要。選択的夫婦別姓問題が認知されず遅々として前進しない事について、事あるごとに私は声をあげているが、なかなか大きな声に伸びない。今度の玉木代表からの発言も、ヤジ問題ももっと燃え広がって欲しいと思う。

世界の中、先進国で夫婦別姓を認めていないのは日本だけといってもいい。かつての家族制度が残り、今の内閣をはじめとする保守的な考え方が大勢を占める。それを打破しようと、野田聖子さんが中心になって今にも議論がはじまろうとしたり、小泉純一郎首相の時だって、議論が持ち出されようとしていた。大いに期待していたのだが、逆行の一途を辿るのみ。

私自身は、つれあいと一緒に暮らしはじめた時、事実婚という名の別姓にしておきたかった。ところが、つれあいの会社から、事務手続き上面倒な事が多いので、と言われた。いやだったが、その時は夫婦別姓になりそうな風潮だったので、一時的にと妥協したのがいけなかった。私が甘かったのだ。

それから、どんなに不便でいやな思いをしたか。病院で、区役所で、名を呼ばれてもつれあいの名は平凡なので、誰の事だかわからずしばらくぼうっとしていることがよくあった。

不便さを我慢すればいいというだけではない。何度も言うが私は不快なのだ。私は不快なまま法律上、つれあいの名から逃れられない。私は生まれてこの方、下重暁子で育ってきた。それが私という存在なのだ。

今となっては、よくぞ父母はこんなにいい名前をつけてくれたものだと思っている。それが全て他人の名で呼ばれる。これは私の存在を拒否される事なのだ。どこにも正式に「下重暁子」という人は存在しない。それが私には不快である。

私が希望したのならいい。

私はいやだったのだ。つれあいはというと、自分の名字が平凡でいやだなどと言いながら、私の名字に変える気はなさそうだ。同時に、私がいかに不便かは分かっていても、いかに不快かは本当のところ分かっていない。

名字が変わると家族が崩壊するという人もいるが、名前で崩壊する家族などすでに心がつながっていないという事が言える。

つい先日行われた世論調査では約七割の人々が選択的夫婦別姓に賛成している。国民の間にも選択的夫婦別姓が浸透している証拠で機は熟したといえる。なにしろ家族制度そのものが様々な形に変化しているのだから、それに制度もついていくのが自然だと思える。

私の友人の中には、最初の結婚で相手の姓になり、離婚したが通称としてそのまま姓を使用し、再婚してまたその相手の姓に、と目まぐるしく変わっている人がいるが、選択制で自分の名をずっと使っていればそんな面倒は避けられる。

生きている間に夫婦別姓になると信じていた私は本当に甘かった。結婚したのが三十六歳だったから、四十八年も経っているのに。

その間、日本はどう変わったか。

女の活躍する場などというおためごかしに惑わされてはいけない。女性国会議員の数も、企業のトップとして働く女性の数も、世界では最低ランクに近い。根本は何も変わっていないどころか、悪い方にさえ向かっている。

ヤジを飛ばした女性議員のように、「別姓でいたいなら、結婚しなければいい」「事実婚でいいじゃないか」と考える人もいるが、〝結婚〟し〝姓を共にして家族〟にならなければ生まれる不都合はまだまだある。別姓でいたいなら不都合や不便も受け入れるべきだ、と夫婦別姓を選択する事がまるで〝わがまま〟のように捉えられること自体が、日本が世界で遅れていることの証だろう。

これは今の政権下で長いものには巻かれる、事なかれ主義がまかり通っているからだ。その結果、徐々に管理が強くなり、生きにくい社会が広がっている。その中で生きるため、自己主張するためには、自分という個人に確信を持ちたい。

それには、下重暁子という名が必要なのだ。死ぬ前に下重の名を取り戻すことはかねてから決意していること。自己を確立するために必要なのは、覚悟ではなく、決意、そして決断だ。


（２０２０年2月20日号「結婚に覚悟はいらない」）

敬老の祝いはお断り

九月十五日は、いつから敬老の日でなくなったのだろうか。今は、九月の第三月曜日だという。九月十五日には聖徳太子説だのそれなりの理由があったのだが、九月の第三月曜日というのは土日月の三連休を作るためでしかない。

「どうもピンと来ませんなぁ」という人が多いのもうなずける。

私もその一人。だいたい、五十年前から敬老の日があったのも良く憶えていない。それは遠い他人の事だとずっと思っていた。

ある日、見知らぬ女性が我が家を訪れた。マンションだから、建物の入口でインターフォンが鳴るはずだが、「ピンポン！」と気がついた時は、我が家のドアの入口に居た。何の挨拶もなく、彼女は馴れた仕種で手提げ袋からとり出した白い封筒を私に渡そうとした。

「何ですか？」

私の問いに、向こうが不思議そうな顔をした。

「九月十五日なので……」

それでも私はポカンとしていた。

「はぁ？」

「区からのお祝い金です」

「なぜ私がいただくの？」

彼女はあきれた顔をした。

その時になって、やっと事情がのみこめた。ある年齢になると、公の機関からお祝い金が出るらしい。だけど、なぜ私が？　自分の年齢など捨てているから、お祝い金がいくつから出るかなど考えた事がなかった。どうやら長生きがめでたいという事のようだ。

長生き？　誰が？　めでたい？　なぜ？

私には全くそんな感覚がない。

試しにいただいた封筒を調べてみると、一万円札が一枚無造作に入っていた。

「あの……、私はまだ仕事をしていますので、このお金は区に寄附します」

その時の女性の表情といったら、怒りにすら満ちて、その封筒をひったくるようにして帰っていった。

あの女性は何者なのか。名のりもしないのにお金などもらえるだろうか。

後になって、同じマンションに住んでいる先輩女性に聞いてみた。

「あっ、あの人はね、このマンションに住んでいる民生委員なのよ。九月十五日は当然の義務として該当する人に区からお金を配っているのよ」

「名のりもせず挨拶もなしだから、ともかく区にお返ししたわ」

先輩の話だと、区からの敬老の日のお祝い金だから、喜んでもらえると思っていたのに私がキョトンとしているのが許せなかったのだろうという。

ちなみに先輩も必ず寄附するのだそうだが、初めていただくのに喜びもせず、寄附などとはなんと生意気なと思われたらしい。

だが私は腑に落ちない。ある年齢に達したからといって、一方的に金など配られるのは失礼だ。大事な区民の税金だろうに受け取るかどうかの確認もなく、ある日突然やって来る。

なにもお祝い金に限らない。国や地方自治体の施策は一方的に決まった型で押しつけられる。

七十五歳以上は後期高齢者と呼び、保険証には一目で分かるように書いてある。前期だの後期だのとくくられて、みな最初は怒っていたが、お上に従順な日本の民は諦めてしまったようだ。

大体、年齢でくくるなどは一種の差別ではなかろうか。先日、アメリカ人と結婚した友人が帰国して怒っていた。

「日本に帰って来るとすぐ年齢を聞かれる。アメリカではそれは失礼な事。うわべの条件で人をくるのは差別だから就職時にも年齢など書類に書く事はない」

年齢という差別は厳然として日本には存在する。大体、年齢が差別になるという意識すらない。


日本ではまず年齢から入る。

「おいくつですか」

公でも民間でも本人確認のためにまず聞かれるのが生年月日。認知症の検査でも必ずやる事だ。

マスコミでも当たり前になっていて、新聞、雑誌、テレビ、必ず名前の下に（ ）つきで年齢が書かれている。いちいち反論するのはかえって年齢を気にしているようだから、私は黙っている。すると必ず（ ）つきで書いてある。

なぜ必要なのかと聞いてみたら「読者サービスです」「視聴者が求めているから」という答えが返ってきた。

年齢を知って何がわかるの？

その人の中身を知るのに、年齢は関係ない。たまたま一つの外的条件でしかないではないか。


先日区役所へ電話をかけた。

「保険証を紛失したので、どうしたらいいですか?」

「おいくつですか?」

まず年齢を聞かれた。

正直に「八十四歳です」と答える。

「それなら今電話を代わりますからね」

「区役所で交付する方法と、郵便でお送りする方法とどちらがいいですか?」

どうやら八十歳以上の人に対するサービスらしい。その親切に感謝するが、区役所に行くつもりだった私は驚いた。そこまで年齢で区切られているのか。

民間でも当たり前にまかり通る。仕事場を借りるため、不動産屋を訪れた時の事。

「おいくつですか?」「八十四歳です」「ちょっとお待ちください」というお決まりのやり

とりの後、何やら奥で相談した結果、「大家さんが八十歳以上の方には貸したがらないので」という。孤独死を心配したり、家賃が払えなくなる恐れがあるので、という理由だった。私は元気だし、収入もあるのだが、年齢が問題だという。私の名前を知っていた大家さんが、解決策として「事務所で借りてください」となった。

記憶力抜群の知人が「八十五歳です」と言った途端、「無理です」とスマホが買えなかったなど年齢で行動を制限され、差別される。

「他人に年齢を聞かない」、と敬老の日に誓いたい。

（2019年9月26日・10月3日号「年齢は捨てなさい」）

悪口は右から左へ聞き流す

東京都知事選は、小池百合子氏の圧勝に終わった。予測通りである。投票率も低く、盛り上がりに欠けた点も予測通りだ。理由は一にも二にもコロナである。人々の関心はコロナの蔓延にあり、しかもこのところ東京では百人以上の感染者が連日報道され、数字的には四月の急速に広がった時期と似ている。このコロナ対策を考えれば、ずっと関わってきた小池さんが一番詳しいのは当たり前で、情報発信にも説得力がある。

しかもコロナの影響で、街頭演説も限られ、討論会も出来ず、毎日テレビで「現職」として会見を開き、発信できる小池さんは他の候補者と比べて、圧倒的に有利な状況が揃っていた。

風を読むのが得意とされる小池さんだが、自民党幹事長である二階俊博さんの、「党としては一人一人に任せるが、小池さんでいいのでは」という発言もまさに追い風になった。希望の党を立ち上げた時は正面から自民党とぶつかる場面もあったが、その時に学んだのか、それ以後の小池さんの振る舞いはよくまわりを見て、より賢く、敏《さと》くなっている。自民党とベッタリというそぶりは見せずに、しっかりと支援はとりつけたのだ。オリンピックに関しても、一時期の誰の目にも明らかな組織委員会や国との対立ぶりとは打って変わって、謙虚に森喜朗前会長と手を取り合っていたかにも見えた。

機を見るに敏なのである。

言動も、発信力も、行動力も、政治家としては大切な素質だが、それが外に見えすぎると嫌味になる。それが上昇志向ばかり大事にする男性にとっては目障りなのは言うまでもない。

日本では女が組織のトップになる例が、世界中のいわゆる先進国中最下位に近く、女性の活躍などと言いながら目立つとすぐ足を引っ張られる。

男は長年、組織の中で培った知恵があるので、目に見える形では攻撃せず、目に見えぬ形でまわりからじわじわ攻めてくる。男の嫉妬ほど恐いものはない。女の意地悪はせいぜい悪口や陰口をきく位だが、男の場合、目に見えぬ形でどこから攻めてくるか分からない。

大学卒業後、そうした男社会で生きてきた私は、ともかく相手にならぬ事、何か言われたら「ハイ」と一応言って右から左へ聞き流し、全く気にしない事で生きてきた。それが続くと相手も諦める。そのうち、「あいつには自分の考えがあるらしい」と認めてくれるようになる。それまでが大変だが、そこに行くまでじっと我慢なのだ。

小池さんもそうした様々な困難をくぐり抜けてきたに違いない。そして今の度胸を身につけた。

キャスターという仕事を経た事も役立っただろう。カメラに向かったら全責任は自分にある。いかに資料があろうと、リハーサルをしようと、頼むものは自分しかない。そこで自分の考えをすべり込ませながら話をする訓練をする事がどれくらい役に立ったか。同じような職業をしていた私にはよく分かる。最後は私一人、責任を全て受け入れる気持ちで視聴者に向かう。といっても実際には一人に向かって話しかけるように親しみを持って。

そこでの経験を生かしているのか、小池さんの言葉には、説得力があるように聞こえる。安倍首相をはじめ、官僚の書いたものをモニターを見ながら読んでいるのとは違う。

本来政治とは哲学で、政治家はそれを表現する言葉を持っているのが必須だった。どんな言葉でもいい。自分の言葉を。田中角栄のような確信に満ちた言葉でも、大平正芳のような「あーうー宰相」と言われる無口な人も次の言葉を自分で考える間があった。その言葉には重みと味がある。

今の政治家はペラペラ話してもただ流れているだけで心に留まらない。その挙げ句、読み間違いや、無神経な言葉を平気で使う。そこへ行くと、小池さんは言葉を知っている。何がウケるかウケないかも。その言葉が人の心を惹きつけるのは当然だし、おしゃれにも気を使って毎日場にふさわしいものに変えている。人前に立つ、という自覚に溢れ、自己プロデュース能力に長けているのだ。

あまりにも表面的なウケを考えるあまり、言葉が浮いてしまったり、政策が先走る事もある。コロナについての政策も国に先んじて、ロックダウンなどと外国語を使い過ぎたが、聞かせる部分があった。しかしそれを突っ込まれたとしても、様々な疑惑について問われても冷静だ。いや、どんな時も冷静に見せる技を知っている。

彼女の目はいつも笑っていないと言った知人がいるが、確かに次を考えている目。それにしてもあの自信。良くも悪くも、失敗してもそれを次につなげる事しか考えていない。その先に見ているものは何か。女性初の首相か。野心があることは危険でもある。だから国政選挙があった場合には鞍替えしてしまうのではないかという危惧もなくならないのだ。

自信家で自意識が強く、素質があるからこそ、敵も多くなる。小池さんも分かってはいると思うが、国民は決して表面でごまかされない。一瞬のムードやお祭り騒ぎに惑わされても時が経つと言葉の持つ中身を吟味しようとする。

小池さんはこれから自己との対話と哲学を作っていただきたい。外へ発信するには中味がないと化けの皮がはがれる。折角、他の人にない発信力を持っているのだから、二期目に入って落ち着いて自分にしかない考えを見つけ、磨いてほしい。コロナという大変な時期に、舵取りをする大変さは分かるが、言うべき時ははっきりと国にものを言ってほしい。風を読むばかりでは、いつか飛ばされてしまうかもしれないのだから。

（２０２０年7月30日・8月6日号「氷の微笑み」）

リモート時代こそ「空気は読まない」

テレビの朝の情報番組に月一回、生放送でコメンテーターを務めてきた。朝は五時半起きで、今の季節だとまだ暗いうちに家を出て、レインボーブリッジを渡る頃に夜明けが訪れる。少しずつ夜の帳《とばり》が上がり、黒色が紫に、そして朱く染まり始める。夕焼けの逆で、二時間の番組が終わる頃にはすっかり昼の明るさが訪れる。

朝の苦手な私も、一年近く続けるうちに慣れて、朝焼けを見るのが楽しみになった。

先日テレビ局を訪れると、私が連れて行かれたのは局内の小部屋。お化粧を終え、打ち合わせの後にカメラの設置された部屋に一人。なんとも淋しい限りだ。殺風景な部屋は暖房が充分でなく寒い。

カメラマン、音声と技術さんは居るが、スタジオのように人の顔を見て話せない。

前回の緊急事態宣言の時も同様だったが、一回限りで、あとはアクリル板で隣と仕切られたスタジオでの出演になった。ともかく出演者全体の顔が見える。それだけでほっとするのだ。

番組がはじまった所で、今回の緊急事態宣言では街の人があまり減っていないという話から、司会者に「日本人にはオンラインという仕組みが向いていないのだろうか」と聞かれた。

慣れもあろうけれど、基本が個である欧米などに比べると確かに日本人は得意ではないかもしれない。オンラインだと、一人一人に分けられて、隣の人の空気を読む事が出来ない。空気を読む事で自分の場を見つける日本人にとっては、決して向いているとはいえないかもしれない。

実際、オンライン授業やオンライン会議などスムーズにいかないケースも多いらしい。大学で授業を多数受け持つ知人に聞いた話では、久しぶりに対面授業が再開されたら学生達の目の色が違うという。実に真剣に先生の話を聞く。興味の持ち方が違ってきて、コロナによる効用の一つだと言えるらしい。

確かに、人と人が出会う事の大切さを制限されて初めて感じる事があるのだろう。

今年の元日、恒例のウィーン・フィルによるニューイヤー・コンサートがどうなるのか心配だった。無観客で行う事になり、日本でも例年通りＮＨＫで生放送。今年八十歳になるムーティの指揮ではじまり、ウインナワルツ、ポルカなど演奏は素晴らしかったし、あの華麗なウィーン楽友協会はいつものように南国から運ばれた花々で飾られていたが、人っ子一人いない客席が映ると、なんとも虚しかった。

しかし、しかしである。

第二部の最後、「美しく青きドナウ」の曲が流れ、アンコールの「ラデツキー行進曲」が終わった所でいっせいに拍手が聞こえてきた。

目を凝らすと、なんと画面一面が細かく区切られ、そこにテレビを通してニューイヤー・コンサートの時間を共有した九十か国以上の全世界の人々が拍手をしていたのだ。

胸が熱くなった。こんなに多くの沢山の人々がウィーン・フィルの音楽を同時に生で共有したのだ。それは初めての体験で、オンライン映像の威力をまざまざと見せつけられた思いがした。

今年のニューイヤー・コンサートは忘れられないものになるだろう。

こうやって隔てられた経験があるからこそ、次に生で演奏に接した時は格別の感慨があるに違いない。

ところで話は少し変わるが、コロナで入院先がなく、自宅療養を余儀なくされている人が多いとか。一月十八日の時点で、全国で三万人。本来なら急変にそなえて入院すべき人達なのだ。入院先が見つからず、自宅で息を引き取るケースも増えている。

恐ろしい事だ。必要な治療も受けられず亡くなる事がいかに無念か。それが現実に起きている。

公的な病院ではコロナ専門病院にするために現在、他の病気で入院中、あるいは出産予定があるにもかかわらずやむなく転院せざるを得ないという。それでも足りないのだ。

自宅療養といっても、それが充分出来る住宅事情など日本にあるのだろうか。２ＬＤＫや３ＬＤＫで暮らしていて、一人がコロナに罹ったとしたら、他の家族と接触しないですむように出来るだろうか。

ましてや自分の部屋があるとも限らないし、トイレやバスなどほとんどが共用部分で、接触のチャンスは計り知れない。このところ家庭内感染や職場内感染が増えている事を考えると、自宅療養といわれても、戸惑うばかりだ。

一方で、介護施設や病院ではコロナと関係あろうがなかろうが、一ヶ月も二ヶ月も面会謝絶が当たり前。自宅療養というのは、家族の顔が見られて声も聞ける。日本人は人と人との絆を大切にするとはいっても、今はそんな事は言ってはいられない。まずはけじめをつけて、オンラインやリモートでやるべき所はやって、馴染みの店へも行かず、家族と会えなくとも我慢しよう。

そうして晴れて対面出来る時がどんなに嬉しいか。介護施設の母親とオンラインで会話したり顔を見たりする初体験も面白がって、この大変な時を過ごしたい。

オンラインの時期が終わって、自由に人と会える時期が来た時、日本人は変わっているかもしれない。「空気を読む」などというありがたくない代名詞を返上して、しっかりと自分の意見を持ち、他人とのディベートにも毅然とのぞめるような潔さを身につけているかもしれないのだ。

(2021年2月11日号「空気を読めないオンライン」)

第六章

ルール6
時代の変化を否定しない

変わる皇室に期待

十連休を軽井沢の山荘で過ごした。着いた日にはすみれが咲きはじめていたが、えんれい草、一輪草、ふでりんどうなどの山野草が日を追って増え、ぼけに続いて山桜、山吹、こでまりなどが後に続く。落葉松《からまつ》の芽吹きもはじまった。春は一斉にやって来る。長い休みがあると、人混みに紛れず、じっとしていられる場所がある事が嬉しい。

三日間、家族ぐるみのつきあいのある美容室の夫婦と中学生の少女がやって来た。前にも触れたが彼女は小さい時から、亀やトカゲを飼い、おたまじゃくしを蛙に孵《かえ》し、カブトムシをはじめ昆虫類をビンで育てていた「虫愛でる姫君」だ。

別棟を明け渡し、勝手に過ごしてもらったら、サイクリングに一度出かけただけで、庭を探検し、カナヘビの巣を見つけて大喜び。背中にうろこのあるトカゲの一種である。丸太の下の巣から姿を現すまでじっと待っている。

テレビやラジオは皇室の話題一色である。ふだんは軽井沢では音や絵を消し、ぼうっとして刻を過ごす。山奥から高い梢を渡って風が渡る。雨の匂いにも気づく。

私はほとんど西暦しか使わないのだが、しかし、平成が令和に変わるリアルタイムで、それぞれの天皇の言葉は聞いておきたいのでテレビをつけていた。

昭和から平成に移る時は大変だった。崩御の何ヶ月も前から、毎日陛下の病状が報道され、マスコミは言葉遣いに慎重で神経質になり、そのせいか重苦しい気分が私達を支配していた。遂にその日が訪れ、大喪の礼が新宿御苑で行われた。二月の雪の降る寒い日で、外国の要人や大使館関係、政財界、文化人、都道府県の長など、吹きさらしのテントの中で儀式を見守った。私も官庁の審議員などを務めていた関係で参列したが、とにかく寒い中、全身に使い捨てカイロを貼って刻の過ぎるのを待つだけ。要人の足許には暖房らしきものもあったが、私達は黒衣の人々の中で立ちっ放しだった。

そんな苛酷な移り変わりがあり、暗く重苦しい感じがしばらく抜けなかったが、今回の譲位を上皇が決意した背景にはその時の事が頭にあったともいわれている。確かに国民に寄り添う事を何より大切に考える上皇は出来るだけ国民に負担を与えず、さり気なくと考えられた事が想像出来る。その通りに淡々と儀式は進み、お言葉も短く明解で、しかも心のこもったものだった。

私は何度か、上皇、上皇后にお目にかかっている。一年に一回、各都道府県持ちまわりで国体（国民体育大会）が開かれ、天皇、皇后がご出席になる。場所を変えて夜のパーティでは、天皇、皇后それぞれの前に二列に並んでスポーツ界をはじめ代表者が直接お話をする。私は六年間、ＪＫＡ（元・日本自転車振興会）の会長を務めた関係で、毎回国体に招待された。ＪＫＡが日本体育協会に補助金を毎年出していたからである。

私は美智子皇后の列に並んだ。驚いたのは、向こうから名前を呼ばれ拙著を読んだと言われたのだ。一度、皇后に関わりのある日本の音楽教育に盡《つく》したアメリカ人、エロイーズ・カニングハムの伝記『エロイーズ・カニングハムの家』をお贈りした事があった。それにしても読んでいただいたとは。音楽や読書など実に詳しく、ついおしゃべりしてしまった。その日のために内容をキチンと摑んで、事に臨まれるのがよく分かる。

上皇后後の生活については、今まで読みたかった本を読みたいというお気持ちが滲み出ていた。かつて世界の児童文学の式典での講演の見事さ。歌会始の儀などで披露される和歌の文学性の豊かさは群を抜いている。

一般人が皇室へ初めて入られたその御苦労が後半になって見事に花開き、美智子皇后にしか出来ない個性で新しい皇室の姿を天皇とともども築かれた。何が嬉しいといって、美智子さまの個が皇室に入っても決してそこなわれる事なく、象徴としての模索を天皇ともどもなされた事だ。

四月三十日の退位の後、五月一日、新天皇の即位もとどこおりなく自然に行われ、昭和から平成に移る際の大仰な行事はほとんど見られなかった。これを上皇、上皇后も望まれていたのだろう。

そして五月四日、令和になって初めての参賀が行われ、新天皇、新皇后が集まった人々の前に姿を見せられた。集まった人々、十四万人以上とか。私はその数に驚いてしまった。映像では皇居前広場がぎっしり人で埋めつくされ、動くのもままならない。手に手に渡された「日の丸」の小旗を持っている。この群衆は日本全国から令和をお祝いするために集まったという。私はなんだか少し恐くなった。つれあいが言った。

「自然発生的にこれだけの人が集まったなら素晴らしいけど……」

ちょうど十連休という事もあって記念の日に全国から集まった事は想像出来るが、マスコミの連日の報道がきっかけになった事は否めない。

はたして、天皇、皇后も予想しておられただろうか。それだけの責任をひしひしと感じられただろう。雅子皇后は輝きを増し、しっかりとその務めを全うするという覚悟が感じられた。そこにはかつて外務官僚として自己実現を考えていた頃と同じ雅子さまの個性が光ってみえた。美智子さまがそうであったように、雅子さまも御自分の個性を発揮して仕事にはげんでいただきたい。


皇室であろうと皇后であろうと、個があっていいのだ。それが国民が望んでいる事であり、生き生きと務めを果たして下さる姿を見せていただきたい。

大学二年の時、法学の試験で「象徴天皇について書け」という問題が出て、私は教科書を離れて全く私個人の考えを連ねた。落第覚悟だったが「優」をもらったのだ。象徴とは国民の憧れの的である。という事は、国民一人一人に思いがなければならない。国民の考え方や意見がなければならない。「国民に寄り添う」という言葉を上皇は使われた。そのあり方を踏襲する事を新天皇も誓われた。主権在民、基は国民にある。天皇がどういう象徴であるかは一に国民にかかっている。天皇、皇后に任せるのではなく、私達一人一人の象徴への考え方が問われているのである。

(2019年5月30日号「新時代に生きる私たち」)

自由の風の心地よさ

まるで絵巻物であった。二〇一九年十月二十二日に行われた即位礼正殿の儀である。高《たか》御座《みくら》の上での天皇の即位宣言時のお召し物といい、雅子皇后の十二単といい……。拝見しているほうには美しいが、絵巻物の中の方々はさぞ大変だろうと想像出来る。特に雅子さまの十二単は十数キロという重さだそうで、実際身にまとって長時間じっとしている事がいかに大変か。天皇のお召し物はそれほどの重さではないし、即位宣言という重大な使命があるからまだいいとして、ただじっとしている事のいかに大変な事か。

退出された時には正直言ってほっとした。無事役目を終えられて本当に良かった。

本当はその後に「祝賀御列の儀（祝賀パレード）」が予定されていたというから、朝早くから準備をし、夜は各国の王族や元首などとの饗宴の儀が夜十一時頃まで控えていてはお二人の健康が気遣われた。台風十九号の甚大な被害の事を考えて十一月十日に延期されて本当に良かった。お二人の心遣いだというが、少しの間でも御所でほっとなさる時間があった事がどんなに良かったか。即位礼正殿の儀と気分的にも切り替えて、各国のお客様を迎える事がお出来になったのではないか。


天皇の即位の礼では、「国民に寄り添い」という言葉があった。ならば国民も天皇皇后の身に寄り添って少しでも負担を少なく、象徴としての役目を果たしていただけるように考慮すべきだろう。国民に寄り添う、国民の象徴とは国民の犠牲になる事ではない。ご本人がもっとも得意とする分野で生き生きと活動して下さる姿を見る事で国民も元気になる事が出来るのだ。

雅子さまは皇后という立場になって見違えるように元気になられたように見える。

皇室に入る前は外務省のバリバリのキャリアウーマンであった雅子さま。あまりの環境の違いに、何か違和感を憶え、体調を崩す事は十分に考えられる。

私事ながら、大学を出てこの年までずっと仕事を続けて来た身には、雅子さまが多少忙しくとも仕事や使命の中でこそ健康を回復なさるのではと思っていたので、今の立場になってかえって生き生きとなさるのがよく分かる気がする。常に仕事をし、そこで自己表現をしてきた人がきっかけを見つける事が出来ない事はとても辛かったに違いない。

十一月九日に皇居前広場で「国民祭典」の祝賀式典。お二人は皇居から、あらたまった正装ではなく、ラフな姿でご覧になられた。その親しみやすい格好と、奉祝曲に雅子さまが涙ぐまれた姿に素顔が見えた。それは上皇上皇后陛下には見られなかった事だ。これまでの皇室は、表情を変えず、いつもどこか作られた「象徴」だった。上皇上皇后御夫妻の頃から少しずつ素顔が垣間見られ、今回、雅子さまが初めて涙ぐむというもっとも人間的な側面を拝見できた事は意味がある。

奉祝歌の「もう大丈夫」と繰り返される歌詞を雅子さまは自分への言葉として受け止め、皇室と国民の応援歌として受け取られたのだろう。

その気持ちはとてもよく分かる。

「もう大丈夫」……良い歌詞だった。被災した人々にも私達一人一人にも伝わるものがあった。


戦後間もなく、天皇陛下の人間宣言があり、天皇は〝神〟ではなく、〝人間〟となったが、どこか違和感があった。昭和天皇にはもちろんのこと、平成の世になっても一生懸命使命を果たされる姿に天皇としての義務感を感じてしまう事があった。

美智子さまには何度かお会いする機会もあったが、草津の音楽祭でピアノを弾かれる時や、国際児童文学の祭典での深い教養と感性に裏付けられたお話にチラと素顔をうかがう事は出来ても、どこか健気に努めておられる気がして、その心遣いがストレスにならねばと思ったものだ。

令和の天皇皇后は自然体なのが素晴らしいと思う。だんだんと私達国民と同じ感情が通っているると分かってきた。特に雅子さまの涙はその事を物語っていたと思う。私達同様に喜び、悲しみ、その情を押し込める必要はない。嬉しい時は大声で笑い、悲しい時は涙を流す事が出来るお二人であって欲しい。

その意味で祝典とパレードは大成功であった。日をずらした事にも意味があったし、それに応えるかのように十一月十日は青空が広がって、これ以上はない日に思えた。

絵巻物の中の皇室ではなく、現実の中で手と手を取り合って生きる皇室。お二人の姿勢を見るにつけ、必要以上に皇室を持ち上げ、折角近づいた皇室と国民の間を切り離そうという動きから目を離してはいけないと思う。

今に生きる象徴天皇とは何なのか、その答えを託されているのは一人一人の国民なのだ。デンマークに立ち寄ったときのこと。夜、オペラを観に行ったら、一番前の二階ボックス席にさりげなく一人の女性が座っていた。

プリンセスだと隣の男性が教えてくれた。買い物にも好きなオペラ鑑賞にも、人々に混じって出かけられるその自由が素晴らしい。日本の皇室にも少しずつ自由の風が吹き、その自由の幅が広がっていって欲しいと思う。

（2019年12月5・12日号「絵巻物から解き放たれて」）

天邪鬼精神でスマホを使いこなす

九月末、スペインのバスク地方からパリへ旅をした。ピレネーの山々を眺めながら。

いつもは飛行機が日本を飛び立つ瞬間、窓から下界を眺めて〝ざまあ見ろ、浮き世のバカは起きて働く！〟などと不埒な事を呟くのが快感なのだが、今回は二日前に自分の不注意から腰をひねってしまい、杖をつきながら窓へ姿勢を向けるにも、「イタタタ……」となんと情けない。

一年に一回は自分にご褒美の人参をやらないと働かなくなるので、必ず海外へ出かける。例年六月が多いのだが今年は仕事の都合で九月にずれた。

旅の仕事はからんでいるが、ほとんどは遊び。絶対に原稿など仕事は持っていかない。仕事はしないが、スマホのおかげで連絡すべき所へ簡単にできる。しかも旅での写真も撮り放題だ。などというと以前から私をよく知る人は呆れた顔をする。

「あんなにスマホを拒否していたくせに何たること」

「裏切り者！」

何でもすぐ答えが出て自分で考えなくなるし、スマホ頼りになる事がいやだったのだ。だが便利なものは便利だし、楽しいものは楽しい。もともとはガラケーで「そろそろスマホに変えようかしら」とそれとなく呟いたら近しい人間からこう一蹴された。

「無理よ！」

そこから火がついた。天邪鬼の私は他人から拒否されるとやりたくなる。子供を含む他人にさえ出来る事が出来なくてどうする？——と。

こっそり一人で恵比寿駅前のドコモ店に出かけ相談。まずはらくらくホンを手に。基本的なものからやってみるとガラケーよりやさしい。指示通りに操作すれば方法が分かり、答えが出てくる。そのうち関係の無い事まで思いつきでインターネットで引いてみると思いがけない答えに出くわす。憲法も大切な全文が出ていて、憲法十三条「個人の尊厳」に出会った時はいたく感激した。

この楽しみは辞書を引き、類語を次々と探していくのと似ている。広辞苑などですら簡単にしか出ていないのに、スマホには詳しく書いてある。ただ一方で、この詳しさが問題であり、下手をするとそのまま鵜呑みにする事になりかねない。スマホを使いこなすには、批判の目が欠かせない。うっかり「いいね」などと押さない天邪鬼が必要になる。

スマホを使う事の効能は私の場合、もう一つあった。

手首の骨を折った際のリハビリの先生なのだが四十代の友人が出来たのだ。

「ラインをやってみませんか?」

という言葉にひかれてやりとりをはじめ、ヨチヨチ歩きが今や俳句を作るような言葉遊びの楽しさが身についた。

私が二十数年続けているNHK文化センターの「下重暁子のエッセイ教室」では、「あかつき句会」という私の名をとったメール句会をやっている。幹事を決めて題を出して投句する。私はなかなか参加出来ないが、先日見たら一人一人の感覚が見事に生かされて感心した。

だから私もメール、特にラインには短文でやりとりするからこそ思いを凝縮し心をこめて言葉を選ぶ。うまくいけば嬉しいし、言葉の勉強になる。

ラインは親しい人、五、六人にしかしない。それではラインの意味をなしていないという人もいるが、どう使ったって私の勝手。道具は自分なりに使えればよろしい。写真もインスタグラムなる多数が参加するものに興味はないが、「庭にカリンの花が咲きました」と連絡をもらい、その花を見れば「実がなったら一つ下さい」と頼む事ができる。

広く浅くがスマホの特徴だというが、私は狭く深くお互いの感覚を刺激し合うものであって欲しい。

黄昏の写真を競い合ったり、満月の写真を懐かしんだり、少しでも美しく感性のある言葉を送り、情景をやりとりしたい。

今回の旅も、写真をラインで送る事を約束したのに、海外に出た途端にスマホの御機嫌が悪く、必要最低限のショートメールのみの淋しい旅になってしまった。珍しい御馳走に出会えば写真を撮って友人に見せたくなるのはごく自然な事だ。バスクの素朴な料理やピレネーの雪、修道院の石壁の切れ目に見える海。数々写真に収めたけれど、どうしてもシャッターを押せないものがあった。

バスクの巡礼地、ルルドで出会った風景。カトリックの有名な巡礼地で洞窟に聖母マリアが何回も現れた奇跡の地の夜九時頃から深夜に行われるミサ。ローマ教皇の言葉も映像で流れ、多くの巡礼者や病人、旅行者などが押し寄せる。濃くなっていく闇の中でまず真っ先に列をなすのが現地の病院の病人たち。車椅子に乗せられ、寝たままの姿の人もいる。藁をも摑む思いで病の回復を祈り、静かに祈りの言葉を口にする。次に各地から巡礼に訪れた人々。巡礼である事を示すコートのようなものを身にまとい、やっとの思いで歩いてくる。心の中にどんな悩みを秘めているのだろうか。

私はいったい何のためにこの地に立っているのか。沢山の人々の中でとまどうばかりだ。信仰もなく、真剣に救いを求めるでもなく、物見遊山で訪れていいものだろうか。あちこちでシャッターを押す音がした。しかし私は、沢山の人々の祈りの中でどうしてもスマホのシャッターを押す事が出来なかった。

「あなたの腰が良くなるように……」

友人が洞窟で聖水を汲んできてくれた。その気持ちが嬉しかった。私の腰が旅に出る前より少し良くなったのは聖水のおかげだろうか。シャッターを押す事が出来なかったスマホの世界との距離感だろうか。

（2019年10月24日号「私流スマホの付き合い方」）

高齢、だからどうした

バイデン氏が小走りで会場に入ってきた。体は小柄だが締まっている。小走りとはいえ、自分の事を考えるとなかなかああいう風には走れない。

私の知人などを考えても、あの体つきの人は、いつまでも元気だ。堂々たるトランプ大統領のような体格の人が長生きとは限らない。アメリカ人はマッチョが好きだというが、小柄で締まった体の人の方がロスが少ない。でも、最初は物静かだったが、長い忍耐の末、国民にも最後まで忍耐の必要性を説き、当選確実の報を受けて爆発させた喜びのエネルギーは目を見張るほど大きかった。

多くのバイデン支持者が言っていたように、「ほっとした」というのが本音だろう。日本など同盟国をはじめ、各国の反応もそうしたものが多かった。

これがもし逆だったら、また四年間何が起きるか分からない。「トランプという人は単純であるだけでなく、嘘つきで全く信じられない」と長年共和党支持のアメリカの友人も言っていた。

おまけに、自分の得になる事、自分の支持者にうける事、アメリカ第一主義を平然と唱えるなど、恥じる所がない。

トランプ大統領の出現で、長い間の努力で築き上げられた多民族の移民たちで成り立ったアメリカのそれぞれの肌の色、考え方を認める寛容の精神は、もろくも崩れ去ったかに見えた。

この四年間、私は、人間の叡知を信じられなくなりそうで、心許なく思っていたが、まだ決着がつかぬとはいえ、今度のアメリカ大統領選挙でやっとアメリカ人の築き上げた叡知が戻ってきたという気がする。世界で一番影響力を持つ国、アメリカが分断されどうなるのか分からない不安が解消に向かうだろう。WHO、地球温暖化対策の席にもアメリカが戻ってくる事は確実である。


この四年間、どんなに世界中が一人の男に振り回されたか。中でも私は、何度も取材に訪れた事のあるパレスチナキャンプで見た、祖国を失った人々の悲惨を思う。同じ運命にあったイスラエル建国後はパレスチナ人をガザ地区に追い込み、多くの宗教にとっての聖地・エルサレムにアメリカの大使館を置くなど、あまりに自国のユダヤ人にとって見え見えの施策をするトランプ氏にあきれるばかりだった。

彼は多様性を認めず、自分の仲間だけを集めたがる。それでは世界が成り立たない。トランプ支持者を見ていると、トランプ教の信者に思えた。その一語一語に声を張り上げて応援する姿は、何世紀か前、独裁者に一斉に賛同する風景を見たのに似ている。冷静さを欠いた人々の熱狂ほど恐いものはない。

その意味で、トランプ大統領は稀代のカリスマ性を持ち、人々を煽動する才能の持ち主だった。

バイデン氏の言うように、しばらくはアメリカは静かに落ち着いて四年間の分断の傷を治さなければならない。

本当に国を、人々を思うなら、潔く敗北宣言をすべきだったろう。私は敗者がまず宣言してから、勝者が勝利宣言をするアメリカ大統領選のルールには奥ゆかしさを感じて好きだった。いくらごねてみても、多くの国民や世界中の人が見ている。自分の正しさのみ主張する醜い姿をさらさないで、誇りを持って宣言して欲しかった。四年前、あらゆる集計所でリードしていたヒラリー・クリントン氏の気持ちを知るためにも、そして初の女性大統領を待ち望み彼女がガラスの天井を破る事を期待した多くの人々のためにも。アメリカという国が壊れてしまうのではと心配になった。

私達はこの選挙で、アメリカの抱える矛盾を突きつけられた。自由を謳いながら未だに銃規制さえ出来ぬ現実。選挙に関しても州の選挙人の数で大統領が決まる現実。大切な一票を投じた人の権利が本当に行使されているのか。アメリカはいくつもの州からなる巨大な国だ。そのために州ごとに法律が違うなど、独立性が編み出されたのだろうけれど、それが直接大統領を選ぶための足かせになっている。法や慣習を変える事も含め、アメリカの抱える課題は大きい。

日本は小国の島国で良かったと妙な所で安堵する。

大国であればあるほど多様性を認め合う事は難しい。アメリカ、ロシア、そして中国。長年中国を統治したのが、皇帝による独裁政治だった歴史などその事を物語る。

アメリカはいま、分岐点にある。それはすなわち世界が分岐点にあるという事。分断か、共存か。世界が問われている課題が目前にある。

それゆえ今度の大統領選は盛り上がったのだ。とても他国の選挙とは思えなかった。

そして二人の典型的に違う人物が争った。共通していたのは二人とも決して若者ではなかった事。

バイデン氏七十八歳、トランプ氏七十四歳。年齢を心配する人もいるが、それがどうしたと私は言いたい。

年齢ではない。個人なのだ。年齢でくるのはやめよう。『年齢は捨てなさい』(幻冬舎)は拙著でもあるが、大統領選を戦った二人を見ていると、その事が如実に分かる。

日本でも高齢化はもはや当然で驚くに値しない。現在でも女性の四人に一人は七十歳以上だという位に高齢者は増え続け、私もその一人だが、それがどうしたと言いたい。病気がちな子供時代を送り、持病に苦しめられながら仕事を続けて今、高齢になって初めて健康も安定し自分の発言に責任を持つ事が出来る。

だからこそトランプ大統領には最後くらい男気を見せ、潔い敗北宣言を望みたかった。ホワイトハウスから去る人が増え、共和党や側近、一部の熱狂的な支持者を除く国民からも見放された裸の王様にならないうちに。

(2020年12月3日号「栄誉ある敗者か、裸の王様か」)

第七章

ルール7　大切な人とのつながりは努力しても保つ

永六輔さんの夕焼け

夕焼けと夕暮れの違いはどこにあるのだろうか。日が沈む頃、地平線に近い西の空が赤く染まる現象を夕焼けと呼ぶが、実際には、東の空にまで茜雲が広がる事はよくあり、それどころか、東京の高層ビルなどには、その赤く染まった空の色がガラスに映り、光が反射して、辺り一面が真っ赤になるのを見ることがある。夕焼けは、その土地のありのままを映す。

永六輔さんは夕焼けが大好きで、旅先で見つけた夕焼けを集めたビデオを作っていた。亡くなってからそのビデオが送られてきて、同じ夕焼けを見ていることを知り、懐かしかった。特に宍道湖の夕焼け、東岸にある島根県立美術館から見る華やかさは、嫁ヶ島の影はあるものの、まるで火の柱が湖面を揺らしているようで、その夕焼けが見えたかどうかで旅が決まるといっていい。永さんのビデオには、そのほか、佐渡の相川で左から右まで夕焼けに囲まれ、佐渡育ちの友人夫妻と共に呆然と立ち尽くしていた同じ場所が映っていた。

松江には、私が旅の途中で出会い、妹のようにつきあい、仕事で行くと秘書のように車を運転してくれた女性がいた。美しい女で、知りあった頃は二人の娘を育てる未亡人だった。その後、私の知人と再婚して京都の竹林に住み、乳がんで九年間の闘病の末、亡くなった。

彼女のお骨の粉を成人したお嬢さんと二人で、夕焼けを見た湖の浜辺に散らした。雨女だったせいか、その日、夕焼けは姿を現さなかった。

そして、九州のとある猿の生息地、それがどこか忘れてしまったが、夕暮れになると猿たちが木に登ってひたすら西の空を眺めている。その先には夕焼けが徐々に広がろうとしている。その姿が何かに祈っているようで、印象的であった。猿もまた、微妙に闇に移行する時間の崇高さを感じていたに違いない。

長野県の小諸にいる友人は夕日が好きで、ことあるごとに夕日を撮り、スマホで送ってくれる。私が夕暮れや夕日をこよなく愛していることを知り、何枚もの写真を一枚にコラージュして贈ってくれた。五十枚以上はあろうが、その一枚一枚の情景をイメージするのは楽しい。彼はどんな環境でこれを撮ったのだろうか——新幹線の窓からか、百年は経つ古い自宅の二階からか、それともハイウェイを走っていて、ふと車を止めて撮ったのか——そのことを考えるのが楽しいのだ。

その友人は、昨年突然、難病になり、長野の病院に入院中に、無菌室の窓から見える千曲川の彼方に沈む夕日を撮って贈ってくれた。私にとっては、またとない贈り物だった。彼は、闇が落ちた後の月にも興味を持っている。微かに見えるか見えないかの新月、そしてそれが最高の輝きを見せる満月。私たちに満月と見えるのは三日間くらいあるが、本当の満月の日はいつなのか。彼の写真はそれを正確に教えてくれる。最近は夕日よりも月の写真が増えたのは、彼のどんな心境が影響しているのだろう。

男性には、マニアやコレクターが多い。一つのことに興味を持ち、突っ込んでいく。女にはなぜか、マニアやコレクターが少ない。興味の持ち方が漠然としているのか。

私は男性の持つこうした癖が好きだ。それは少年の日の夢を今も持ち続けている証拠だから。夕日の写真を撮り、私に贈ってくれるという少年のような目を信じたい。人間が生きものとしての感覚を持っていた頃。今は、世俗的な雑事にまみれていても、彼の目が見た夕日を通して、一瞬、その感覚を取り戻す。

夕日や夕焼けには、そうした忘れていたものを取り戻させてくれる鮮やかな力がある。だから人はそれを見たら、写真に撮ったり、人に贈ったりする。崇高な一瞬のおすそ分けを人に渡したくなる。

その写真を机の上に置き、彼の一日も早い快復を祈る。

夕日や夕焼けという一景によってつながっているその幸せを感じる瞬間だ。

他方、西の空に赤黒い幾層の雲の重なりを見たときに不安な気持ちになることもある。地震雲と呼ばれるそれは、科学的な根拠はないといわれ、その形にもいろいろあってどれとはいえないようだが、大地震の起きる前日など幾度も珍異な形をした雲が現れるという。'11年の3・11から、今年二〇二一年で十年目を迎えた。午後二時四十六分、地震発生の時刻に私も黙禱した。十年前のその日は曇り空に小雪が舞っていた午後だったから、地震の雲は見えなかっただろうか。

不思議な事に、十年前のその朝、私は津波の夢を見た。本当の事だ。津波に追いかけられて必死に山をかけのぼっている夢を見ていた。足許までひたひたと波が寄せてくる。多分子供の頃、教科書で見た稲村ヶ崎の津波のイメージが頭から離れなかったのだろうが、なぜあの日、よりによって三月十一日の朝方に見たのだろうか。あまりの事にその夢を私はしばらくの間、人に話をする事ができなかった。

よく晴れた時にしか見られない夕焼けとは違い、夕暮れは日が暮れる時間帯の事なので、天候に関係なく毎日訪れる。

『枕草子』に、〝秋は夕暮れ　夕日のさして、山の端いと近うなりたるに、烏の、寝所へ行くとて、三つ四つ、二つ三つなど、飛び急ぐさへ、あはれなり〟とある。

古今、日本人にとって夕暮れとはやはり物思わしい時刻なのだ。

（2019年4月11日号「猿と男と私と」）

三國連太郎さんと鍼

高輪にあるホテルの地階に向かって黒服の集団が降りてゆく。案内状には、平服とあったのに、他の色はほとんど見当たらない。

なぜ？

私は明るい紺の上衣に黒の太目のパンツ。会場に入ってようやく銅版画家の山本容子さんの淡いグレーのパンツスーツを見てほっとした。ほんとうは、私は淡いピンクの上衣にするつもりだった。紺にして良かったという思いと、ピンクにすれば良かったという思いが渦巻いた。

つい先日、春のその日は映画俳優・三國連太郎さんの七回忌。七回忌ならもっと華やかにしたほうが、三國さんも喜ぶのではないか。共演した女優さん達もみな黒を選んでいる。日本人は型にはめるのが好きだ。そんな事が一番嫌いだった三國さんは苦笑しているだろう。

私の瞼に、三十年近く前の母のお別れ会に並ぶ人々の中で一際目立った鮮やかな紫の上衣が浮かぶ。亡くなってすぐ家族葬にし、一月ほどして、お別れ会のため母の知人や私の友人達で、文京区の団子坂上にある親類の寺、光源寺まで行った。その時も平服でと伝えたのに、黒一色。中で一際目立つ紫の上衣は映画監督の大島渚さん。私の母が紫が一番好きだったことを意識して下さったのだろうか。紫と白の花の中で、画家志望だった父が描いた母の絵が微笑んでいる。その時の印象が浮かんだ。

三國連太郎さんとは、鍼友達だった。三國さん夫婦が定期的に通う中国人の鍼師を紹介されて、私とつれあいは今も通い続けている。京王線沿線のマンション十階のドアを開けると、大きな靴がある。そして隣にひっそり女物の靴。

「三國さんだ!」

嬉しさがこみ上げてくる。あの包み込むような笑顔に会える。

治療で血色の良くなった三國さんが椅子に腰かけている。しばし歓談。自分からはほとんど声を発しない。私の聞いた事に静かに真摯に耳傾けて、時々相づちを打つ。その声の深い響きにうっとり。その後、施術用のベッドに呼ばれるまでの貴重な時間。

そのベッドは先刻まで三國さんが横たわっていたと思うだけで胸が高鳴る。

その中国人鍼灸師の女性とその娘の姿が七回忌の会場にあった。やっぱり黒。壇上では、西田敏行さんのスピーチが始まった。数多く共演し、『釣りバカ日誌』でコンビを組んで最後まで三國さんと一緒だった。その目に映った三國さんのかっこ良さを、声色を真似た話にはひきこまれた。西田さんの、「このまま三國さんの話をすれば翌日になる」という発言に納得する。私も何作か見たが、あのスーさんの背中の美しさ。『飢餓海峡』などの三國ワールドとは違うスマートさを見る。

会場入口で若き日の三國さんの写真入りのバッヂを渡されて胸につける。なんといい男だ！　日本にこんな男がいた。フランスの男優、ジャン・マレーに似ている。

三國さん自身は、俳優など考えてもいなかったらしい。戦後の厳しい時代、食べるのに精一杯だった。その日その中、どうやって生きていくか三國青年は橋の欄干にもたれて、澱《よど》んだ流れを見ていた。

その横顔をじっと見つめていた男が声をかけた。映画のプロデューサーだった。そこから第一歩が始まった。作品は『善魔』。

鍼友達だった私達を三國さん夫妻は御殿場の別荘に招《よ》んで下さった。もちろん中国人の鍼灸師の女性も。彼女の人柄は素晴らしく、三國さんも私達もファンだった。彼女もまた三國さんの大ファン。確か、日本で開業した時の最初の患者が三國さんだったという。西伊豆の海を遥かに見渡す高台の別荘のベランダでの会話は忘れがたい。あの海のそばで、生まれ育った自分の人生を淡々と語った。自分の出生についても苦しむ人のそばに行って話をする。

その時一緒だったのが、画家の合田佐和子。三國さんのポートレートを描いていた。衣装を担当したスタイリストの高橋靖子、そして私達に三國さんを紹介してくれた猫博士こと伊藤和枝。鍼灸師の胡先生はぎょうざの皮を自宅で作り、沼津でそれを完成させた。そのおいしかったこと。楽しかったこと。

まるで大人の遠足だった。

私は、三國さんの著作、親鸞を描いた『白い道』（三國さんが監督と出演で映画になった）をいただいて大切に抱えて帰路に就いた。

壇上では奥田瑛二さんが話している。ヨーロッパの授賞式で、三國さんと一緒だった時の事。それぞれが別にインタビューを受け、落ち合う場所を決めて奥田さんが少し遅れて到着した。冷たい雨の中で大男が全く微動だにせず立っている。素敵な姿としかいいようがなかった。

その後、三國さんが奥田さんを連れていったのは、ドアが開くと全て下着の店。その中からアンゴラのシャツとパンツを選んで、役者ならこれを買えという。自身も同じ物を以前に求めて、寒い日のロケなどに着用。有無を言わせぬ強さだった。値段を見た奥田さんは驚いた。当時、日本円で二十二万円。一瞬考えたが、今も愛用しているという。

それぞれの話が役者だけに、語り口といい、内容といい、面白い。

佐藤浩市夫妻に、三國さんを看取った秘書の奥様、しばらくはウソだったというが、すっかり元気そうだった。良かった。その場で山本容子、山崎ハコ、渡辺えりなど、三國さんと生前つきあいのあった人に出会った。

共演した俳優さん達の顔もあちこちに見られた。まず、映画の数分間が画面に映り、そこに出ていた男優、女優が登場して話をする。心憎い。

役のためには前歯を全部抜いたエピソードや、女優さん達との恋愛など。変人、奇人のイメージが作られているが、素は心優しく、シャイで、自分の考えを曲げない立派な男の中の男だった。その人を思い出した一刻。

思い出とは、思いを出すこと。人々の思いが交差する時、人はよみがえる。傍に大男の三國さんがそっと佇んでいる。

（2019年5月9・16日号「やさしくシャイな大男」）

野際陽子さんと伊勢湾台風

九月二十六日は私にとって忘れがたい日である。一九五九年九月二十六日は、戦後最大の台風、伊勢湾台風が東海地方を襲った日である。

六十年の節目ということで、NHK名古屋放送局のディレクターが取材に来た。ドキュメンタリー番組制作のためである。私の孫といってもいい年の彼の取材を鳥居坂の国際文化会館で受けながら、あの日の事をまざまざと思い出した。

今のように天気予報全盛の時代ではない。予報士が伝える事もなく、なりたてのアナウンサーが気象庁からきた文面を読んでいた。私はまさにそのホヤホヤのアナウンサーだったのである。

早稲田大学を出て、アナウンサーとしてNHKに就職し、すぐ名古屋に転勤になった。女性の大学出など新聞や出版社などはとってくれる所がなく、放送局もアナウンサーだけ。やむを得ず受けたら女性四人の中に入り、すぐ名古屋局へ転勤したのが六月だったから、九月はやっと環境に馴れたばかり。巨大な台風が直撃するという前日、女性アナ二人は早目に寮に帰された。男性は徹夜で局に待機する。まずそれが不満だった。

折角報道の仕事についたのに、男性の後方支援でもお茶くみでも何でもするのに。多分室長やデスクは女性を保護したつもりだろうが、お門違いも甚だしい。女性アナ二人とは、後に女優になる一年先輩の野際陽子と私。寮に戻ってからもずっと不満だった。その寮は昭和区の荒田町にある独身寮で、私達二人以外は男性ばかり。総務の男性一人を除いて、現場の人間は二十人中誰一人戻ってはいなかった。

三階建ての西の隅から野際さん、隣が私の部屋。風雨が強まるのを避けて別棟にある一階の食堂で食事をすませ、隣の日本間で待機した。暗さが増すと同時に、風雨が強まり出し、まもなく停電。

さてどうしたものか。八畳間の隅から囲碁盤を見つけ出し、ろうそくの灯りの下で二人で五目並べを始めた。常にカセットラジオをそばに置いて情報を聞きながら。

なぜ先輩アナ達は女性保護を粧《よそお》いながら、仕事をさせないのだろう？　血気にはやってやる気まんまんの私達の不満はつきなかった。

五目並べの勝負がついたので、三階の部屋を一度見に行く事になった。部屋のある別棟の渡り廊下はすでに水浸し、天翔ける声は今まで聞いた事のない「ヒィー！　ヒィー！」という女の悲鳴に似ていた。ゴーッという音などたいした事はないのだ。

部屋に入って心配だったのは窓ガラスが割れていないかどうか。割れてはいなかったが、入口で足が止まった。風が打ちつける度に弓なりに内側に曲がって、いつ壊れても不思議はない。必死に耐えている様子を後に、再び先刻の部屋に戻る。

ラジオの情報では、どこそこの瓦が飛んだ、塀が倒れた程度の被害である。しかし実際には、その頃すでに長良、木曽、揖斐《いび》の三大河川はすでに氾濫一歩手前、名古屋港や海抜ゼロメートル地帯には高潮の時刻が迫っていた。


眠れぬ夜を過ごし、台風一過、局から迎えの車が来た。途中、街路樹はなぎ倒され、電線がたれ下がり、飛び散ったガラスや瓦などで無惨な光景の中、局へ着くなり、アノラック（防寒性に優れたアウター）に着替え長靴を履き、デンスケ（当時の録音機）を肩に、取材に出る。土手らしき道から泥の海と化した中に点々と屋根が見え、助けを求める人が手を振る。牛や馬、家畜の屍体が浮いて、腐臭がする。

災害現場のすさまじさで伝えられないものはにおいなのだ。死者行方不明者五千人以上に及ぶ被害の全貌が徐々にあらわになってきていた。私達の寮も電気も水もなく、しばらくは先輩の家で炊き出しをしてもらって食べた。

日を追うごとに被害は増える。中でも、名古屋港近くに積み上げた巨木の大群が高潮で流れ出し、近くの住宅を直撃した。私はそこで父母が流され、取り残された一人の男の子に会った。

「押し入れにのぼったら、水が来てね、金魚が浮かんでいたよ」

まるで詩を読むように語った言葉と声を忘れない。海岸近くでも金魚の養殖池のある弥富では、金魚が全て流出して浮いていたという。

その時憶えたのだ。災害はもっとも酷い現場に取り残された人々には連絡のしようがないのだと。スマホや電子機器で便利になった今でも、渦中の人々は暗闇でスマホのありかもわからず、避難のしようもなく、日を追うにつれて被害が拡大するのだと。

伊勢湾台風では、死者を入れる棺も足りず、校庭に集められ火葬にされる人がひきも切らなかった。毎日被害は増え続け、半年間水の引かない地域もあった。全国の放送局から応援が来ても足らず、私達二人も半年間一日も休まなかった。

アナウンスルームや報道部の前に用意された消毒液のにおいと、並べられたアノラックに長靴の列を忘れる事が出来ない。

今も同じ事が言えると思う。どんなに情報が整備されても、もっとも過酷な現場に取り残された人の声は聞こえてこない。被害が大きければ大きいほど、日が経ってみなければ分からない。その事を心すべきだ。


名古屋から取材に来たディレクターにその事を話し、六十年目の九月二十六日を前に、NHKの東海地方で放送された。

今年も台風はすでに十五号。この原稿を書いている窓から、乱れ散った木の葉とベランダの倒れた鉢植えが見え、三十五度という熱波が東京を襲っている。

目に立つ被害は報道されるものの、それぞれの家の被害は詳しくは分からない。人の心も。

本当に傷ついたものは公にはされないのだ。

（2019年10月10日号「あの台風から六十年」）

岸田今日子さんの木馬

新型コロナウイルスによる一回目の緊急事態宣言が発令された中で、一人の感染者も出さなかったのが岩手県である。

なぜだろう。不思議だった。

もちろん検査した人数に限りはあるとしても……。

しかしよくよく考えてみると不思議ではない。

岩手県は宮沢賢治の呼ぶ「イーハトーブ」……理想郷なのだから。

理想郷を守るには、人々の努力が欠かせない。それだけ厳しく、ウイルスなど入り込む余地のない清貧な暮らしが保たれているのだ。賢治の作品からは楚々としたその暮らしぶりが浮かんでくる。

情報や物の氾濫する現在のような時代でも、そうした理想郷があると想像すると素晴らしい。

私の友人の旅行作家は、日本、外国をあまねく出かけているような男だが、岩手県に魅せられて、毎年五月の連休明けから六月にかけて渓流釣りに出かける。山の中の知る人ぞ知る宿である。今年も釣り仲間と出かけるはずが、予約の段階で断られた。

「申し訳ありませんが、新型コロナの影響で宿泊客をお断りしております」

他県からの流入が駄目だったのかもしれないが、そうやって人々は理想郷を守っているのだ。

その話を聞いて、私はすっかり嬉しくなってしまった。賢治の精神は今も生きている。

私も岩手の精澄な空気と人々の凜とした風情が好きで、一時足繁く通った事があった。

盛岡の不来方《こずかた》城趾から、イーハトーブの一つとして登場する花巻の七ツ森など、賢治の作品の跡を辿った。そして必ず決まったわんこそば屋で御主人に会い、その方達が協力する福祉施設を訪れたこともある。

そういえば、ずいぶん長いこと岩手県へ行っていない。そんな事を考えていた先日、旅行作家協会の仲間がかつて私が岩手県を訪れた時の『旅』という雑誌をプレゼントしてくれた。『旅』という雑誌を憶えている方も多いと思う。日本交通公社から出ていて、かつては戸塚文子という女性の名物編集長も生んだ、旅雑誌の筆頭であった。

そこには、母と私が宮沢賢治の故郷を訪ねた時のグラビアと私の書いた記事が載っていた。紙面が少し茶色く変色しているところを見ると相当前の号に違いない。

まだ母が生きていた頃だから、今年三十三回忌を迎えた事を考えると四十年も前の事だろうか。

編集部から母との二人旅を打診され、母に希望を聞いてみた。子供の頃から反抗児だった私は、母と旅行などほとんどした事がない。

母は即座に「花巻へ行きたい」と答えた。なぜと聞く間もなく、「宮沢賢治の故郷だから。

高村光太郎も晩年を過ごしたはずよ」と。

私はまじまじと母の顔をながめた。まるで少女の様な表情をしていた。新潟県の上越は高田の雪深い里に生まれ、そこの地主の家に育った彼女は女学校の頃から文学少女で、死の直前まで短歌を作っていた。母とは照れくさくて、文学の話などした事がなかったが、彼女の中で長い間、賢治の故郷についての思いが育まれていたとは驚きだった。


新幹線などない遠い昔。六月のある日、上野から列車に乗った。娘の私が恥ずかしくなるほどはしゃいでいたが、花巻に到着する頃には急に無口になった。精一杯、賢治と同じ空気を吸い込むためには言葉は邪魔だった。

一面の水を張った田に、早苗が揺れていた。賢治の記念館の入口には、黒板に「下ノ畑ニ居リマス」と賢治の言葉が書かれていた。

私は出来るだけ母に話しかけず、言うなりについて歩いた。

梅雨の晴れ間に鶯が鳴いた。

高村光太郎が晩年を過ごした山荘も実に質素なものだった。最愛の智恵子を失ったあと、光太郎はここで詩を書き、彫刻を作り、孤独な日々を送ったのだ。その時の日記や、日常の品も残されていたが、一人の日々はこの土地で淋しくも満たされたものだった事がうかがい知れた。

母と二人の最初で最後の旅が岩手であって良かったと思ったものである。

そして今、その雑誌を私にプレゼントしてくれた知人に心から感謝した。

三十三回忌を予定していた三月にすでにコロナの影はあり、法事も延期せざるを得なくなっていた。

現在、岩手県の山深くに一人住まいをしている知人がいる。かつては有名広告代理店で数多くのCMを生みマスコミの最前線で活躍していたが、ある時ふっと姿を消し、岩手県の雪深い工房で木工作家になった。

その作品は素晴らしく、実用的に使えるものもあるが、私は彼の作る木馬に惚れている。木を選び、削り、一から手をかけ、最後に漆を塗った高価なものだが、私はどうしてもその木馬が欲しかった。彼の木馬を教えてくれたのは、今は亡き女優の岸田今日子さん。俳句の友達だったが、ある時こう言った。

「ねぇ、木馬を買わない？」

そう言われたことが嬉しくて、最初は今日子さんに気を遣い天翔る天馬にしようと思ったが、どうしても実際に乗れる木馬が欲しくて、同じものを選んでしまった。

仕事場に置いて、疲れるとまたがってしばらく揺れている。木馬を作った彼にとっても岩手の奥深い里はイーハトーブだったのだろうか。

そこにはコロナウイルスなど入り込む余地はない。


（2020年6月11日号「岩手県の不思議」）

助けられて生きる

やっと、各県ごとに少し自由に往来が認められ、久しぶりに新幹線で軽井沢へ行く事にした。広尾にある、いつものＪＴＢの窓口でチケットを、と思って行ったら予約が必要だという。これも新しい生活と呼ばれるものなのだろうか。密にならないための方法らしい。

空いていたので、無事予約なしで求める事が出来たが、新しい生活とは良くも悪くも手間がかかるものである。

この前は、全国に緊急事態宣言が出る直前に、新幹線は避け、我が家の車で東京から行った。東京ナンバーが目立たぬように、山荘に着いてからはどこにも出かけなかった。それには、コロナだけではない、別の理由があったのである。

軽井沢に着いた夜、就寝すると間もなく大音響に飛び起きた。隣のベッドにいるはずのつれあいの姿が見えない。

「落ちた！」

直感でそう思った。しかしベッドのそばには人影はない。ベッドの裾野の先はドアになっていて、十二段ほどの階段の下は、私の仕事部屋である。

広尾のマンションの彼の部屋からドアを開けると、廊下がありトイレに行くドアにつながっている。多分、広尾のつもりでドアを開け、そのまままっすぐに落ちたとみる。

階段の下に横たわる長い人影。長身なので、私の手に負えない。

「どうしたの？」

大声で聞くと、自分でも分からないという。寝ぼけていて日頃の癖でドアを開け、そのまま落ちたとみえる。

「救急車を呼ぶしかないか」

管理人に電話をして、すぐ手配を頼む。深夜の二時だった。

「上まで登れる？」

と声をかけ、そろそろと立ち上がったところを見ると足腰は骨折していない。這いながらなんとかベッドルームに辿り着く。

まもなくピーポー！　と音がして、救急車が到着。左手に触れると、「痛い！」と言うが、どうやら打撲と脱臼らしい。

「不幸中の幸いですよ」

と、救急士の一人が言う。軽井沢病院に着いて、レントゲンで骨折は無い事が分かったが、整形外科医がいないので翌日の予約をし、応急手当と痛み止めをもらって一度自宅に戻る。

私は頭を打っていないかが心配だった。以前、モンゴルの草原で落馬して硬膜下血腫になった事もある。

翌日、頭のCTをとると、やはり少し出血があり、めまいやふらつきで不安なので入院を希望するが、運悪くコロナの時期なので、なかなかOKが出ず、特に東京から来た事が病院側ではひっかかっているらしい。

なんとか入院出来る事になったが、面会謝絶。身の回りのものも持ち込めず、私一人が追い返されてしまった。

これくらい厳密に対処している事が頼もしくはあったが、本人とは電話しか通じず、心許なかった。

さて、つれあいは病院に移ってもらったが、私はどうする？

我が家は料理を作る人はつれあい、私は食べる人である。

事情を知っている友人は、私が飢え死にしないかと心配してくれるが、東京で買ってきたものもあるからなんとかなるか？　と思っていたら、この事情を聞きつけた軽井沢で一番有名な仏料理店の創業者夫妻が私のために毎日食事を作って届けて下さった。何という幸運！　感謝！　私はいつも多くの人に助けられて生きている事を実感した。

つれあいは毎日病院食なのに、私ときたら赤ワインで一人乾杯し、鯛のカルパッチョに、鴨料理、デザートまでバッチリで友人達が羨ましがる事！

それにしても、つれあいの怪我が軽くて良かった。多分寝ぼけていたので体に力が入らず、うまく落ちたのだろう。

五日間ほどの入院の後、コロナの時期とてもう退院して下さいと言われて帰宅。痛みもとれて、私がかつて骨折で世話になった理学療法士に診てもらう事が出来た。

しかし困ったのが車である。めったに車で東京から来る事がなく、軽井沢で新幹線を降り、駅前の修理工場に預けてある四駆の軽に乗り換えて山荘まで十分なのだが、東京の車で来たからには、乗って帰らねばならない。

軽傷とはいえ、まだ運転は無理。仕方ない、置いて帰るしかないかと思っていたら、これまた聞きつけた友人が、東京から新幹線で来てうちの車を運転して帰ってくれるという。どうせコロナで外出は控えていてヒマだからと、涙の出るような事を言う。彼は運転好きとて実に要領よく走り、つれあいの運転より三十分以上早く、二時間で着いてしまった。

私達は一人で生きているのではない。人の情けに助けられて生きているのだという事を深く感じるコロナの日々であった。

それにしても最初はいくら緊急事態宣言前とはいえ、軽井沢に東京から逃げてきたバチが当たったと反省したのだが、逆転して人の助けに泣く幸運が待っていた。

コロナは何とさまざまな人間模様をあぶり出した事か。

お世話になった方々になんと言って御礼を言ったらいいものか。

しばらく乗っていない四駆の軽は長野ナンバーだから遠慮せず乗る事が出来るが、一年近く預けっぱなしで動いてくれるだろうか。新幹線の中でも十分な距離をとって、軽井沢で無事仕事をすませたい。

つれあいが落ちた後、仕事部屋に通じるドアには鍵をつけてもらった。もう大丈夫!

それにしてもどこに落とし穴があるかしれない。

今回の幸運を生かして、感謝を忘れず、懸命に仕事をせねば、又バチが当たるかもしれないではないか。

(2020年7月23日号「予期せぬ落とし穴」)

心を許した人とのつながりは大切にする

年末になると、年賀欠礼のお知らせが多くなる。

家族がこの一年に亡くなって、年賀状を今年は出さないという事なのだろう。

こういう習慣がいつ頃から出来たものか。年賀状の習慣は、日本では昔からあったように思われるが、年賀状が定着したのち、年賀欠礼の習慣は出来たのである。

年賀欠礼の内容を見てみると、家族が亡くなったのでという場合が多く、自分やつれあいの両親が亡くなったので……というのがほとんどであったが、このところは様相が違ってきた。

私くらいの年齢になると、すでに両親はいない場合が多く、私もその例に漏れないが。かわって増えて来たのが、兄妹、あるいはつれあいの死亡のためというものだ。


その中に、ペットが死んだので年賀欠礼という友人からのお知らせに思わず微笑んだ。そうか、彼女にとっては愛猫のユキちゃんは家族以上のものだったのだ。雪の日に拾ったのでユキちゃん。ユキちゃんへの愛情は並のものではなかった。一人暮らしの身にとってどんなに大きな存在だったか。

単なる儀式というなかれ、その欠礼の葉書を見ると、肉親を失ったこの一年が想像出来て、型通りの書面でも、年賀欠礼には感情がこもっていて、むしろ年賀状より心うたれる場合がある。

もう一つ年賀欠礼の葉書によって初めて、亡くなった人の存在を知る事があるのだ。最近はコロナで人とつきあう事が少なくなって、情報が入ってこない。同級生が亡くなったとか、職場の同僚が亡くなったとか、家族以外の事は年賀欠礼でもわからない。有名人なら新聞に出る事もあるだろうが、普通はよほど親しい人しか知らせない。わざわざ通知される事もなければ、噂にのぼることもなく、「え？　あの人が死んでいた」という事が数多くあった。コロナで葬儀や通夜もごく内輪か親族のみでやるのがほとんどになってしまい、時間が経ってからやっとニュースが流れてくる。人と人との間が希薄になったというコロナの置き土産はこんなところにもあったのだ。

友人が言っていた。彼女はある地方自治体の市長の秘書を務めていた事があるので、仕事柄、死亡のお知らせには神経を使ってきた。市役所を辞めてからも面倒見がいいので、かつての先輩、同僚、後輩達の動静を連絡していた。

ところが今年はお知らせしようにも情報が入ってこない。誰がどうしているか、知る機会が減ったし、それが度重なると知ろう知らせようという関心すら薄れてくる。

「人と人とのつながりがだんだんなくなってくる事をどう思いますか」

と彼女から電話が来た。どんどん知人の状況が見えなくなる事に耐えられず、自分一人の判断で気になる人には確かめているのだそうだ。どうやら私の事も心配になって電話をしてきたらしく、「あー、よかった！」という声に安堵の色が見えた。

人と人は努力して関係を持ち合わなければあっけなく縁は切れてしまう。

私は一人でいる事が苦ではなく、『極上の孤独』（幻冬舎）という本も書いているのだが、大切な人と人のつながりは人一倍大切にしたい。人数は少ないが、心を許した人とは死ぬまで心を通わせたい。

いや、出来れば死んでからも……。

そういった関わりすらも薄くなり、この一年で人間関係は変わりつつある。大切な人と人との関係は努力しなければ保たれないのだ。

スマホなどという便利なものもそうした関係維持には役立つ。使いようによってどうとでもなる諸刃の剣である。

去年の年賀状の中に、「年賀状は今年で終わりにします」というのがあって、何とも言えず淋しい思いがした。

日頃そんなに親しくなくとも、年に一度無事を確かめ合うとそれなりにほっとしたものだ。それを今年限りで関係を見直すと言われる。

「終活年賀状」。高齢を理由に、年賀状をやめる人が増えていて、終活年賀状のためのフォーマットもインターネットで検索するといろいろ出てくるという。

その人の考えなのだから、何も言う事はないが、受け取った人の気持ちはそこには入っていない。ずっと続いていたものが、特別の理由なくしてなくなってしまう。その事に一瞬、心が空洞になる。


かくいう私はもうずっと前から年賀状を出さない。年末は仕事の一番忙しい時だし、年始になってやっとゆっくりしたところで寒中見舞いを出す。拙句をそえて。この事は以前にも書いたけれど、寒中見舞いの時期を逃したら、〝立春大吉〟という手もある。要は心がこもっていればいいのである。

昨年の年賀状を整理していたら、またこんなのも出て来た。

「終活宣言をして、年賀状を一年やめてみましたが、急に淋しくなって復活しました。どうぞよろしく」

一人暮らしの男性からである。その心情、わかる！　わかる！

なにも年賀状にこだわる事はない。書きたければ書くもよし、やめたければやめるもよし。思うがままにふるまえばよい。けれど、一つ忘れてはならない事がある。人と人のつながりには相手がいるという事。その人を不愉快にさせたり、淋しがらせる事を私はしたくない。

大切な人とのつながりは、こんな時期だからこそ大切にしたい。これをきっかけに、切れていた糸をもう一度つなぎ直すために新しく始めたっていいではないか。

（2021年1月7・14日号「年賀状でつながりの灯火を」）

おわりに

幼少期に罹った病気のせいもあって、幼い頃から孤独の時間が多かった私は、自分自身との対話を常に繰り返してきた。そのせいで、というよりも、そのおかげで、他人とは違う自分だけの「個」が育ったと思っている。

日本ではなかなか個性を発揮し、表現することが難しい空気があって、その中で個を出し続ける私自身、〝変わり者〟と評される事は決して少なくなかった。

それでも、八十四歳になった今、個を押し込めず自分らしく生きられて本当に良かったと思う。病弱だった私が、この年になって仕事をしながら趣味を楽しめるのは、自分をまるごと受け入れ、愛してきたからに他ならない。自分自身が発信した事への反響が気にならないわけではないが、何と批判されようと、私が言った事には責任を持つべきだし、他人から何か言われても「そう？」とスルーしてしまう。自分で自分のいやな所、ダメな所は分かっているのだから、それで充分なのだ。そんな所も含めて私は私なのだから仕方がない。

自分を愛する事は、自己中になる事でも、わがままになる事でも、自分勝手な事でもない。自分を大切にする事であり、すなわちそれは他人を大切にする事になる。

最期を迎えるその時まで、自分を慈しみ、愛おしんで生きたい。

外を見ると夕焼けに染まった空が濃くなって来た。時計台の針は五時半を指している。

いつの間にか公園で遊んでいた子供の姿はもうない。

「夕暮れのロマンチスト」と題して、夕暮れの大好きな私が『女性セブン』で綴ってきたコラムがまとまって編集者の横田悠さんのおかげで上梓する事になった。夕暮れのロマンチストである私を、私はこよなく愛している。

道路に続く石の階段が二十段。下りてくる人がいる。ふと上を見上げた。知っている人だろうか。手を振ろうか。そこから何か物語がはじまるかもしれない。

二〇二一年三月

下重暁子

本書は『女性セブン』（2019年3月28日・4月4日号〜2021年3月25日号）で連載された「夕暮れのロマンチスト」を加筆、修正したものです。

下重暁子［しもじゅう・あきこ］

1936年、栃木県生まれ。早稲田大学教育学部国語国文学科卒業後、NHKに入局。アナウンサーとして活躍後、1968年に退局。フリーとなり民放キャスターを経て文筆活動に入る。公益財団法人JKA（旧・日本自転車振興会）会長等を歴任。現在、日本ペンクラブ副会長、日本旅行作家協会会長。『家族という病』『極上の孤独』『鋼の女　最後の瞽女・小林ハル』『明日死んでもいいための44のレッスン』など著書多数。

編集：横田　悠
イラスト：北村人

自分をまるごと愛する7つのルール

二〇二一年　四月六日　初版第一刷発行

著者　下重暁子
発行人　川島雅史
発行所　株式会社小学館
〒一〇一－八〇〇一　東京都千代田区一ツ橋二ノ三ノ一
電話　編集：〇三－三二三〇－五五八五
販売：〇三－五二八一－三五五五

印刷・製本　中央精版印刷株式会社

Printed in Japan ISBN978-4-09-825397-5